小嗝嗝‧何倫德斯‧黑線鱈三世無意間發現自己必須完成不可能的任務。

小嗝嗝的好朋友神楓失蹤了，尋找她的過程中，小嗝嗝和毛流氓部族來到了醜暴徒島。全世界最殘暴的「阿醜」國王以為小嗝嗝愛他女兒，小嗝嗝必須前去狂戰島，通過考驗，不然就得在試煉中死去。天啊。

對了，還有老朋友回來了喔。小嗝嗝**最不想見到的**死對頭——奸險的阿爾文——再次登場，前來復仇……

小嗝嗝能找到神楓、完成不可能的任務，並且再一次逃離阿爾文的魔掌嗎？

和小嗝嗝一起展開冒險吧

（雖然他還沒發現自己已經開始冒險了……）

失落的王之寶物預言

「龍族時日即將到來，

只有王能拯救你們。

偉大的王將是英雄中的英雄。

集齊失落的王之寶物者，將成為君王。

無牙的龍、我第二好的劍、

我的羅馬盾牌、

來自不存在之境的箭矢、

心之石、萬能鑰匙、

滴答物、王座、王冠。

最珍貴的第十樣，

是能拯救人類的龍族寶石。」

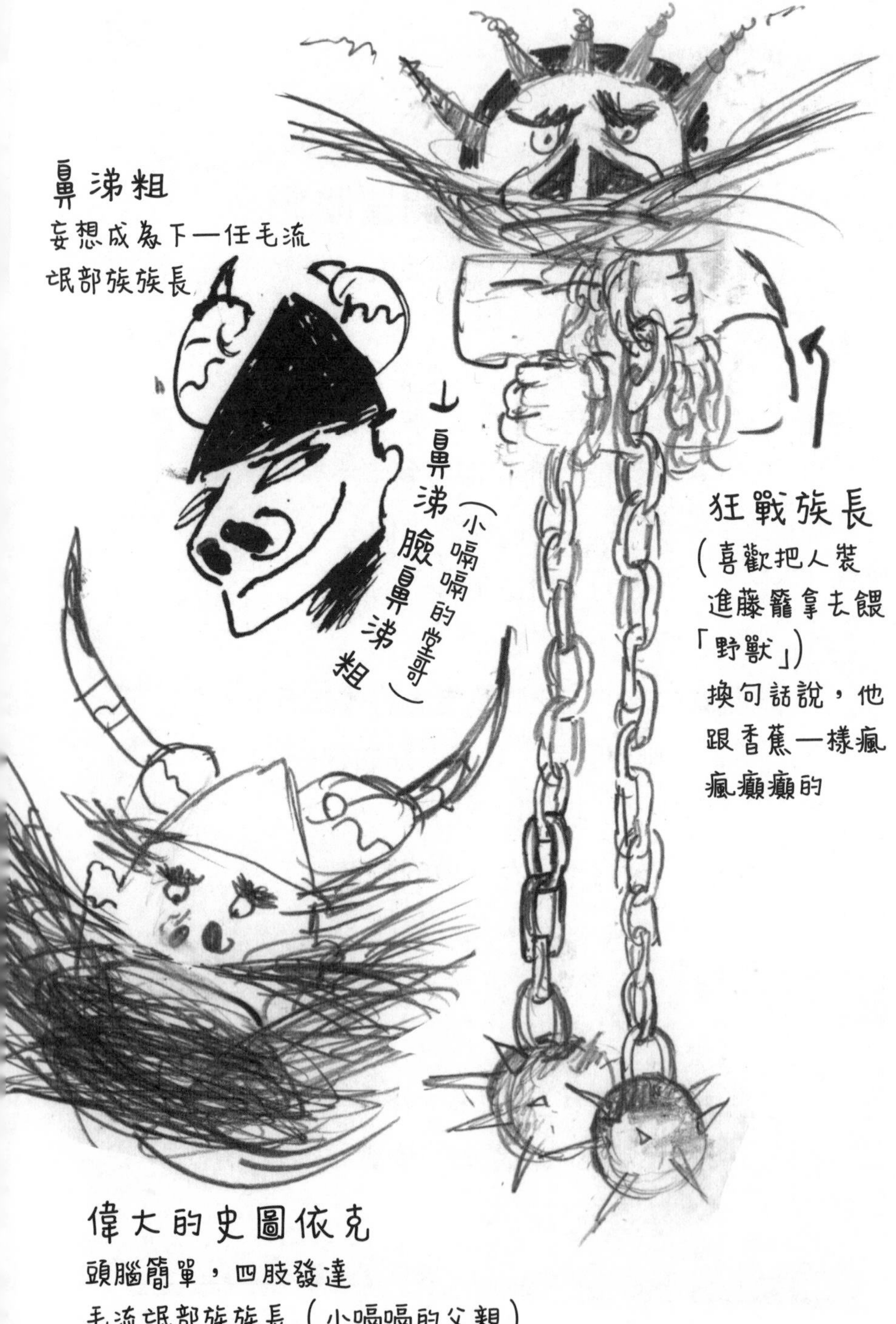

鼻涕粗
妄想成為下一任毛流氓部族族長
鼻涕臉鼻涕粗（小嗝嗝的堂哥）
狂戰族長
（喜歡把人裝進藤籠拿去餵「野獸」）
換句話說，他跟香蕉一樣瘋瘋癲癲的
偉大的史圖依克
頭腦簡單，四肢發達
毛流氓部族族長（小嗝嗝的父親）

小嗝嗝‧
何倫德斯‧
黑線鱈三世
沒牙
小嗝嗝叛逆的
狩獵龍
魚腳司
小嗝嗝的好朋友
打嗝戈伯
負責博克島海盜訓練課程
的老師
神楓
沼澤盜賊部族的
繼承人
無腦狗臭
鼻涕粗的朋友，
是個小惡霸

本書獻給我父母，
麥克與瑪希亞

「過去會以我們預料不到的方式影響現在，『我』個人超怕過去的。」

——老阿皺

HOW TO TRAIN YOUR DRAGON

馴龍高手 VIII

・龍王狂怒之心・

How To Break A Dragon's Heart

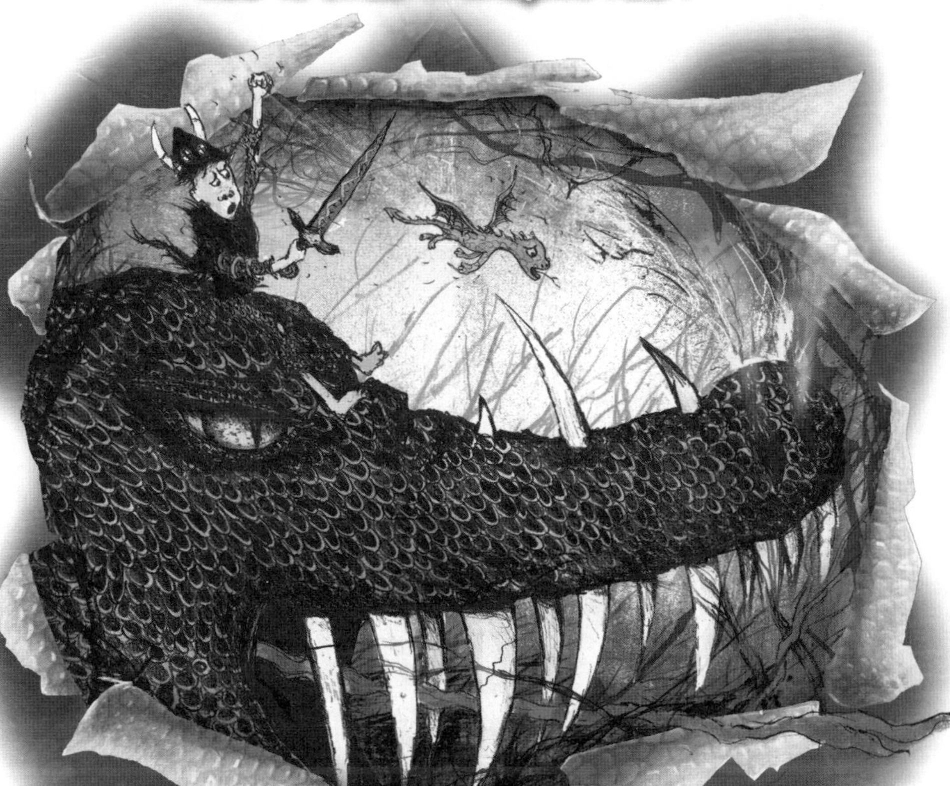

克瑞希達・科威爾
Cressida Cowell

奴隸國
肥企鵝號
的心碎灣
索爾之雷峽谷
更多危險的礁石
島
侵入者將被處死
（處死的方式很可怕，但如果你運氣好，我們會讓你死得痛快）
危險的礁石
島
血流灣的龍族孵蛋地

醜
暴徒
龍鼻頭
幽
鬼
徘
徊
博克島在這個方向
平靜
度日島
地圖畫出了在
東方群島找紮營
地點的難處
群
方
東
迷
宮千島
夏
季
洋
流
(小心鯊龍出沒)
狂
火
焰
林

二〇〇二年夏季，一名男孩在海邊挖到裝了以下這疊紙的盒子。

這是小嗝嗝·何倫德斯·黑線鱈三世——知名維京英雄、龍語專家與超強劍鬥士——的回憶錄第八卷。

回憶錄記載了小嗝嗝差點被裝進藤籠餵給「野獸」吃的故事、失落的西荒野王座的祕密，還有他祖先小嗝嗝·何倫德斯·黑線鱈二世的生平……

目錄

小嗝嗝・何倫德斯・
黑線鱈三世和
他的努力劍

最後的維京英雄——小嗝嗝・何倫德斯・黑線鱈三世——的前言

歷史其實是鬼故事。

我的童年已成為歷史，童年往事中登場的，都是英雄、龍族、狂戰士與巫婆的鬼魂。現在流行「不」相信世界上有這些東西。

但親身經歷過那些事件的我，當然相信他們存在。

親愛的讀者，你雖然沒有親眼看過龍族、巫婆或鬼魂，不代表這些東西不存在。

這次的冒險，是我這輩子目前為止最重要的一刻。

這是我首次發現，蠻荒群島地圖上的地名——例如「心碎灣」——不是別人瞎編的。這些地名都和曾經活在世上的真實人物有關，他們的遭遇確切影響了我從小生長的家鄉。

那就是我所說的「鬼魂」。

失落的西荒野王座

無情的灰色大海上，
一座破碎的島嶼，好似座頭鯨，
毅然凸出變幻無常的海面，
在那片經歷風吹雨打的草地上，
狂風呼嘯而過的石楠中，
被吹成圈狀的樹木間，
兩根結實的石基，撐起了曾經的
西荒野君王不朽的王座。

最後的偉大君王——恐怖陰森鬍——曾坐在此處，

輕撫著他的暴風寶劍，
俯瞰他繁華的維京城。
在海鷗盤旋、狼群聚集、
準備在沼澤狩獵的此處，
曾是坐擁百艘船隻的海港，
陰森翡派船往東、南、西、北，
快樂的維京人搶奪贓物、財寶與奴隸。

他曾站在此處，握拳大喊：
「**我將此命名為『明日島』，它將永垂不朽！**」
一千名戰士高舉長矛、歡呼喝采，
龍族則眨眨古老的眼睛，彷彿在說：
「這種話我們聽過無數次了……」

此處，他在西洋棋局當中，
被骨肉背叛……
此處，他揮灑了兒子的鮮血，
灑在王座的大理石上……
此處，火舌舔拭天空，
城市如百萬根蠟燭，熊熊焚燒……
此處，刀劍相交的清亮聲響……
此處，海港擠滿莓紅屍首……
此處，敗北的戰士君王回顧過往，
好幾輩子的夢想燃燒殆盡，
他的船像受傷的狼，在海中蹣跚航行，
前往遠方的絕望島。

這就是西荒野最後一位國王的結局。
王座消失，棋子四散大海，
暴風寶劍深埋地底、王國瓦解，
碎裂成上百個互相爭鬥的部族。
陰森翡航向西方，
再也沒有人見過他。

但在此處，一切曾經上演，
此處，鷹鳥翱翔在
糾結的灌木叢上方。
陰森黑崖充滿海水的山洞裡，
傳出沒有人聲的回音。

仲夏暴風雨

蠻荒群島經常有暴風雨。

不過這次是百年來最大的一場雨。

它在仲夏毫無預警地襲來。

暴雨連續下了三天，狂風的呼嘯宛如天神的痛呼。風吹倒了房屋、吹斷了樹木，火柴般脆弱的船隻被捲入深海。暴風雨將堅持住在荒涼海島上的小小人類視若螻蟻，輕輕鬆鬆便擊倒他們。

這樣的暴風雨能導致許多東西遺失，卻也有許多東西重見天日。

很多船會在風雨中沉到海底，很多被人們遺忘的東西會從海底捲上海面，隨著成堆漂流木沖上海灘。

因這場暴風雨而消失的，是一個人。

神楓是沼澤盜賊族長——大胸柏莎——的女兒，她勇敢無畏、個子嬌小，頭髮亂七八糟。暴雨來襲時，她正獨自划她的小船「暴風海燕號」）出海。（註1）

風雨還未平息，沼澤盜賊部族就展開搜索神楓行動。等到狂風終於減弱，蠻荒群島各部族一覺醒來看到被壓垮的牛棚、牆壁、房屋與上下顛倒的樹木，無奈地重建起家園時，沼澤盜賊們已經乘著黑帆船在蠻荒群島各個

註1　暴風海燕是體型最小的海鳥之一，之所以有「暴風」之名，是因為水手認為牠們是暴風雨將至的徵兆。

角落尋找神楓，在海上大喊著：

「神——楓——！」

「神——楓——！」

「神——楓——！」

然而沒有人回應。

颯——？

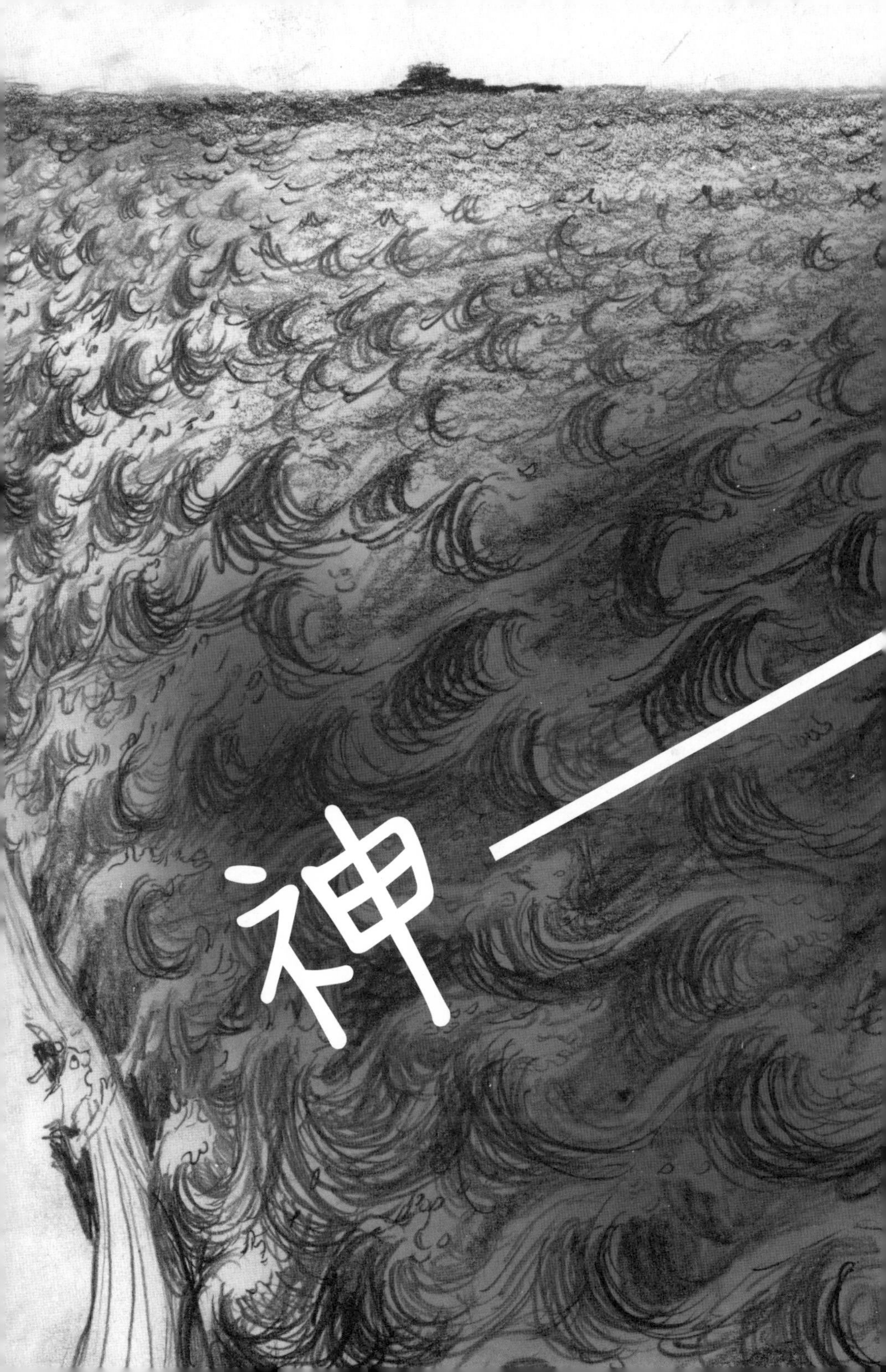
神——

——！妳在哪裡？

第一章　失蹤的孩子

於是在某個夏季傍晚，兩艘毛流氓船繞著東方群島小小的平靜度日島，繞了一圈又一圈。

毛流氓部族的船會來到東方群島，其實很不尋常，因為東方群島十分危險，維京人都盡可能離這地方遠遠的。

東方群島有很多可怕的東西，毛流氓之所以來到這裡，是為了幫大胸柏莎尋找失蹤的女兒。夜幕低垂，他們在尋找失蹤的孩子過程中航行了好一段距離，現在他們離安全的小博克島很遠、很遠，看來今天是回不了家了，他們得在這裡下錨，今晚就在東方群島過夜。一想到這件事，毛流氓就開心不起來。

他們該去哪裡紮營才好呢？

北方和東方都是「醜暴徒」的領土，醜暴徒部族是奴隸商人，也是野蠻世界最壞的海盜，若有人未經邀請就進入他們的地盤，很可能會被當場殺死。更糟糕的是，他們領地內很多片海灘都有鬼怪作祟。

除了醜暴徒領地，還有狂戰島。

可是狂戰部族每到滿月就會發瘋，他們會像狗一樣號叫，還會把人裝進籃子，餵給樹林裡某種不知名的怪獸吃……

這下，東方群島唯一一個能讓人安全過夜的島嶼，只剩下平靜度日島了。

也因此過去一個半小時，毛流氓一直繞著小島轉圈，尋找完美的露營地。

「**停船！**」毛流氓族長——偉大的史圖依克．聽到這個名字就盡情發抖吧．咳．呸——高喊一聲。他的身材令人難忘，壯觀的紅鬍子像被瘋子亂梳一通的獅鬃。

「**暫停划槳！**」

史圖依克和他兒子——小嗝嗝・何倫德斯・黑線鱈三世——一起站在肥企鵝號甲板上，史圖依克轉向兒子，看到他用手遮擋夕陽光，望往船頭方向的天際。

小嗝嗝長得不像毛流氓部族的繼承人，他相貌普通、一頭紅髮、四肢細瘦，他長滿雀斑的憂慮面龐如果放在人群中，實在一點也不搶眼。

「小嗝嗝，」史圖依克鄭重地說。「我要你仔細觀察我的行動。族長必須完全確定他找到安全的地點，才能帶大家去紮營，因為全族都要靠他找到最完美的紮營地點。」

「你說得很有道理，可是我們已經找很久、很久、很久了，」小嗝嗝指出。「剛才平靜度日島有個看起來還不錯的地方啊。」

「那地方沒有遮蔽物。」史圖依克一本正經地說。「最完美的地點必須有遮蔽物，免得突然有狂風或暴風雨。」

「可是父親，我

們都很累了，天色也不早了，而且東方群島很危險。」小嗝嗝說。「那我們剛剛看到的其他地方，有沒有適合紮營的？」

「太多泥巴、太多水母、空間不夠讓我們搭帳篷、沒地方守夜……」史圖依克說。「小嗝嗝，你要找的是**最完美**的地點。」他高傲地拍拍小嗝嗝的背。「所以當船長的是我而不是別人。兒子啊，你要邊看邊學，邊看邊學。」

史圖依克風風火火地大步離開，尋找其他適合紮營的地點，船員則讓疲憊不堪的手臂休息，邊不悅地低語。有人說，既然史圖依克這麼想找到完美的紮營地點，那乾脆讓他來划船吧。

可是他們說得很小聲，免得被史圖依克聽見。

「我最討厭露營了，」小嗝嗝的好友魚腳司說。「露營會讓我的氣喘變嚴重。」魚腳司是個高高瘦瘦、身材像花豆莢的男孩，他不僅患有氣喘，還有溼疹，而且他對小麥、乳製品和龍族過敏。

「『沒用』，這都是**你**害的……」小嗝嗝的堂哥——鼻涕粗——咬牙切齒說。鼻涕粗是個高大、自傲的少年，他天生有領袖氣質，身上刺了很多骷髏頭刺青。他若有所思地往海裡吐口水。（註2）

「要不是你讓你父親變那麼軟弱，讓他跟那些在泥裡打滾的女廢物結盟，我們怎麼可能在這種地方找一個討厭的小沼澤盜賊？」鼻涕粗冷笑著說。「在你多管閒事之前，我們毛流氓部族有一句很棒的名言：『我們只跟死掉的沼澤盜賊和平相處。』要是明天早上在峽谷看到那個小沼澤盜賊的屍體漂在河裡，

註2　鼻涕粗給小嗝嗝的綽號是「沒用的小嗝嗝」。

我可不會傷心難過。」

「哈哈哈。」鼻涕粗的朋友兼惡霸同伴——無腦狗臭——嗤笑幾聲。

「鼻涕粗，你這個人『好』有魅力喔，」小嗝嗝嗆他。「難怪這麼會交朋友。」

「我是說真的，」鼻涕粗慢條斯理地說。「沒用啊，這裡是什麼地方，你自己看清楚。你跟你父親帶全族漂到**醜暴徒**的領土，害我們所有人身陷險境。看到那邊那座島沒

有？」鼻涕粗指向南方某個陰暗、不祥的輪廓，那裡似乎傳出一些奇怪的低沉鼓聲。「小寶寶，你想知道那是什麼嗎？那是『狂戰島』。那你知道我們旁邊這片海灘是什麼嗎？這裡是心碎灣海灘……」

無腦狗臭突然不笑了，整張臉變成難看的綠色。「心、心碎灣海灘？」他結結巴巴地說。「可是……可是它不是……**鬧鬼**嗎？」

「沒錯。」鼻涕粗笑嘻嘻地回答。

「**鬧鬼？**」魚腳司尖聲問。

鼻涕粗睜大眼睛湊到魚腳司面前，壓低聲音說：「小雜草，你說得沒錯，心碎灣海灘的確有鬧鬼，據說有個乘著幽靈船在這裡徘徊不去的女鬼……她在找自己失蹤死掉的小孩……如果被她找到……那……」他戲劇化地停頓一下。

「……她會把鬼手伸進你的胸膛……」魚腳司和狗臭急忙摀住自己的胸口。

「……把你的心臟活活拔出來，帶著你還在跳的心臟回去陰間。」鼻涕粗興致勃勃地說。

狗臭怕得不得了，還不小心把匕首砸在自己腳趾上。「**好痛……**」

「鼻涕粗，不要**胡說八道**，」小嗝嗝大聲說。「那只是別人編出來的鬼故事。實際上這片海灘附近的沼澤有一種很稀有的鳥類，叫『永不鳥』，牠的叫聲有點像鬼哭聲，牠才是女鬼的真身。」

鼻涕粗讓身體往後靠，故作輕鬆地雙臂環胸，彷彿在展示手臂上的刺青。「你確定我在胡說八道嗎？」他問道。「我們現在的處境說不定非常危險，我們會來這裡是為了找一個跟毛流氓部族完全沒關係的小沼澤盜賊，所以我要再重複一次：沒用的小嗝嗝，這都是『你』害的。」

就在這時，小嗝嗝的狩獵龍——沒牙——在外面探查完畢，飛回肥企鵝號，笨拙地緊急降落在小嗝嗝頭上。

小嗝嗝剛才派沒牙去查探附近的海灣、礁石與海灘，小船如果被大風大浪沖毀，可能會漂到這些地方，神楓也可能漂到了那些地方。

若說小嗝嗝長得不像毛流氓部族的繼承人，那沒牙就長得更不像繼承人的狩獵龍了。牠是最常見的普通花園龍（不過牠聲稱自己是極為罕見的「無牙白日夢」），和其他小毛流氓戰士的狩獵龍相比，牠的體型超級小，是別人家狩獵龍的一半。沒牙身上沒什麼特別的武器，而且牠龍如其名，嘴裡一顆牙齒也沒有。

現在，牠心裡十分焦慮，可是尋找神楓的行動這麼戲劇化、天色又這麼暗了、帶頭搜索的還是超級無敵重要的沒牙，而且牠今

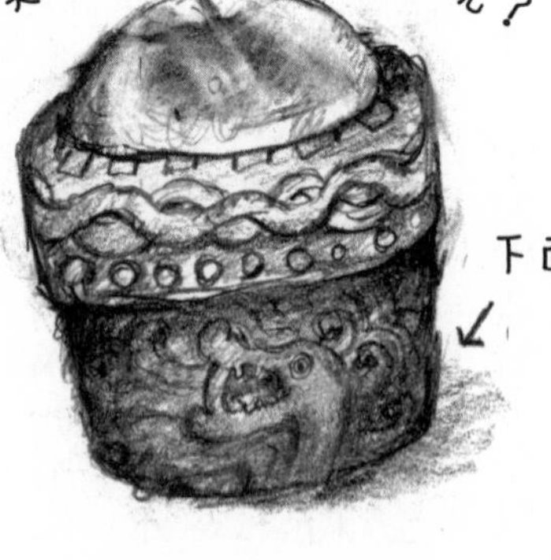

天漏了兩頓飯和兩次午覺……總而言之，沒牙變得超級興奮、超級過動。

就算一隻蜱蟲喝好幾杯加了一大堆糖的咖啡，也沒有沒牙這麼過動。

沒牙從以前就有口吃的問題，可是牠今天激動到連話都說不出來了，牠只是在小嗝嗝頭頂跳上跳下，用翅膀指向心碎灣海灘。

「沒牙，怎麼了？你想說什麼？」小嗝嗝問牠。（註3）史圖依克正瞇著眼睛到處看，和副手討論各個地區適不適合紮營，他看到沒牙指向海灘，就拿起望遠鏡看過去。

「那裡又不適合紮營。」史圖依克低哼一聲，頓了頓。「等一下，那是什麼？**那邊的海灘上有東西！**」

註3　小嗝嗝是有史以來少數會說龍語的人類，能用龍族的語言和牠們溝通。

第二章　海灘上的東西

可憐的魚腳司以為「那個東西」是女鬼，嚇得往上跳了兩英尺。

但「那個東西」是真實存在的大東西，它從心碎灣海灘的白沙中凸出來。

「說不定是神楓的船！」小嗝嗝瞇起眼睛望過去，滿懷希望地高呼。「說不定它擱淺在沙灘，才會豎著插在沙地上……」

「**戰士們！**」史圖依克大吼。「**我們先去看看沙灘上的東西，再繼續找最完美的紮營地點！那很可能是我們在找的小孩！**」

戰士們有（非）點（常）不樂意。

夕陽快速下沉，粉紅色、紅色與金色的絢麗光芒映照在海上，但沒人有心情欣賞落日。狂戰島傳來的鼓聲，是不是變大聲了？那應該不是他們的幻覺吧？

「族長，」沒腦袋阿笨指出。「那邊的海灘不但鬧鬼，還是醜暴徒阿醜的地盤。」

醜暴徒阿醜向來不歡迎訪客。

「我們又沒有要登陸，」偉大的史圖依克大聲說。「只是去看看而已……還有，你憑什麼質疑我？**我是這艘船的船長，你應該二話不說就遵從我的命令才對！**」

於是，大家忿忿不平地嘀咕，一邊划槳朝海灘上的東西前進。

「沒用的小嗝嗝，你這個人真是太可愛了，我好想對著你沒用的腦袋揍下去。」凶神惡煞的鼻涕粗說。「要不是我太累又太餓，我早就揍下去了。」

他們進到海灣的淺海，航經被暴風雨沖過來的好幾塊漂流木。即使在逐漸減弱的日光下，他們也看得出那個東西不是船。

「它太方了。」魚腳司說。

那到底是什麼？

魚腳司剛想到那可能是「棺材」，突然聽到船底一陣**喀喀喀喀喀！**的聲響，整艘船停了下來。

「**笨蛋！**」史圖依克大喊。「你們觸礁了！」

「你沒叫我們停啊。」沒腦袋阿笨合理提出。「你是船長，我們只是遵從你的命令做事而已。」

他們的確觸礁了，船底被撞破一個洞。

海水從右舷灌了進來。

肥企鵝號輕輕把肥肥的屁股擱在心碎灣海灘，再也不

雷神索爾的
粗大腿
還有紅鬍子
還有捲捲小東西啊！

肯動了。

維京人如果把自己的船弄沉了，是很丟臉的一件事。

尤其是在只有兩英尺深的淺水裡沉船，那就更丟臉了。

這是維京人必須面對的職業傷害。

但現在沉船實在很尷尬。

維京人全下了船，站在及膝的淺水中，大家都識相地保持沉默。

「雷神索爾的粗大腿還有紅鬍子還有捲捲小東西啊！」偉大的史圖依克紅著臉，對天揮拳吶喊。最後一絲陽光消失在天際，毛流氓擱淺在心碎灣海灘，只能等明天早上再把肥企鵝號修好了。

「**好喔！**」偉大的史圖依克大喊。「我們今晚就在這裡紮營。」

另一艘船上的毛流氓一點也不想上岸。「我們的船還好好的，」啤酒肚大屁股喊道。「我們今晚睡船上就好了……」

「**你在胡說什麼？**」偉大的史圖依克大吼。「**毛流氓部族要團結！還不快給我下船！**」

這地方說不上是「最完美」的露營地，但他們別無選擇。

太陽已經西沉。

船也沉了。

月亮升起，螢火龍一隻隻地照亮寧靜的夜晚。

毛流氓累到沒力氣爭辯，第二艘船就地下錨，大家扛著獸皮毛毯走在及膝淺水中，來到沙灘上。

至少，他們現在知道沙灘上的東西是什麼了。

是王座。

空無一人的巨大**王座**。

它是用完整的一塊白色大理石雕刻而成，不過它顯然在海裡待了好一段時間，因為岩石表面是一層綠藻，還有厚厚一層珠寶似的藤壺，黏滿貝類的扶手還掛著長條狀海草。

王座很大很壯觀，它穩穩坐在海灘上，彷彿有尊看不見的巨神靜靜坐在椅子上眺望大海。

「怎麼會這樣？」偉大的史圖依克輕聲說。「你們覺得這個是哪來的？**背面還有毛流氓部族的紋章耶！**這應該屬於我們……怎麼會這樣！可是我這輩子從來沒看過這樣的王座，而且毛流氓部族珍貴的王座怎麼會在這麼遠的地方？它怎麼會在醜暴徒領地的海灘上？太不可……不可……小嗝嗝，我要說什麼？」

「太不可思議了。」小嗝嗝幫父親說完。他小心翼翼地看著王座。

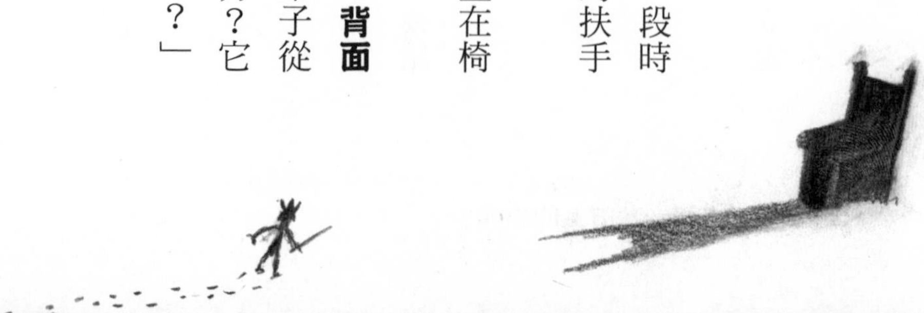

不知為何，這個王座透出陰森的感覺。

也許是它背面淡淡的血跡，血跡經過海水多年的沖洗，已經變得很淡了，卻還是像朵淡褐色的花一般印在王座上，記載多年前的背叛。

「它應該是跟其他東西一起被暴風雨沖上來的。」小嗝嗝邊說邊示意沙灘上的漂流木、瓶瓶罐罐、蟹殼、斧柄，還有泡在一小池海水裡的半個魚箱。

「我們撿到寶了！」偉大的史圖依克悄聲說，他越說越開心。「而且還是屬於我們的寶貝！這應該是以前某個毛流氓族長的寶座！」

就算肥企鵝號被撞破，能找到這東西也值了。史圖依克興奮地摩擦雙手。

偉大的史圖依克在博克島上也有一個寶座，可是它數月前被沒牙不小心燒焦了。（註4）

要用只有三條腿的族長寶座震懾別人，實在有點難度。

註4　請參閱《馴龍高手VI：危險龍族指南》。

「戰士們！」史圖依克大叫。「把那個東西搬到高水位線，我們早點吃晚餐早點睡覺！」

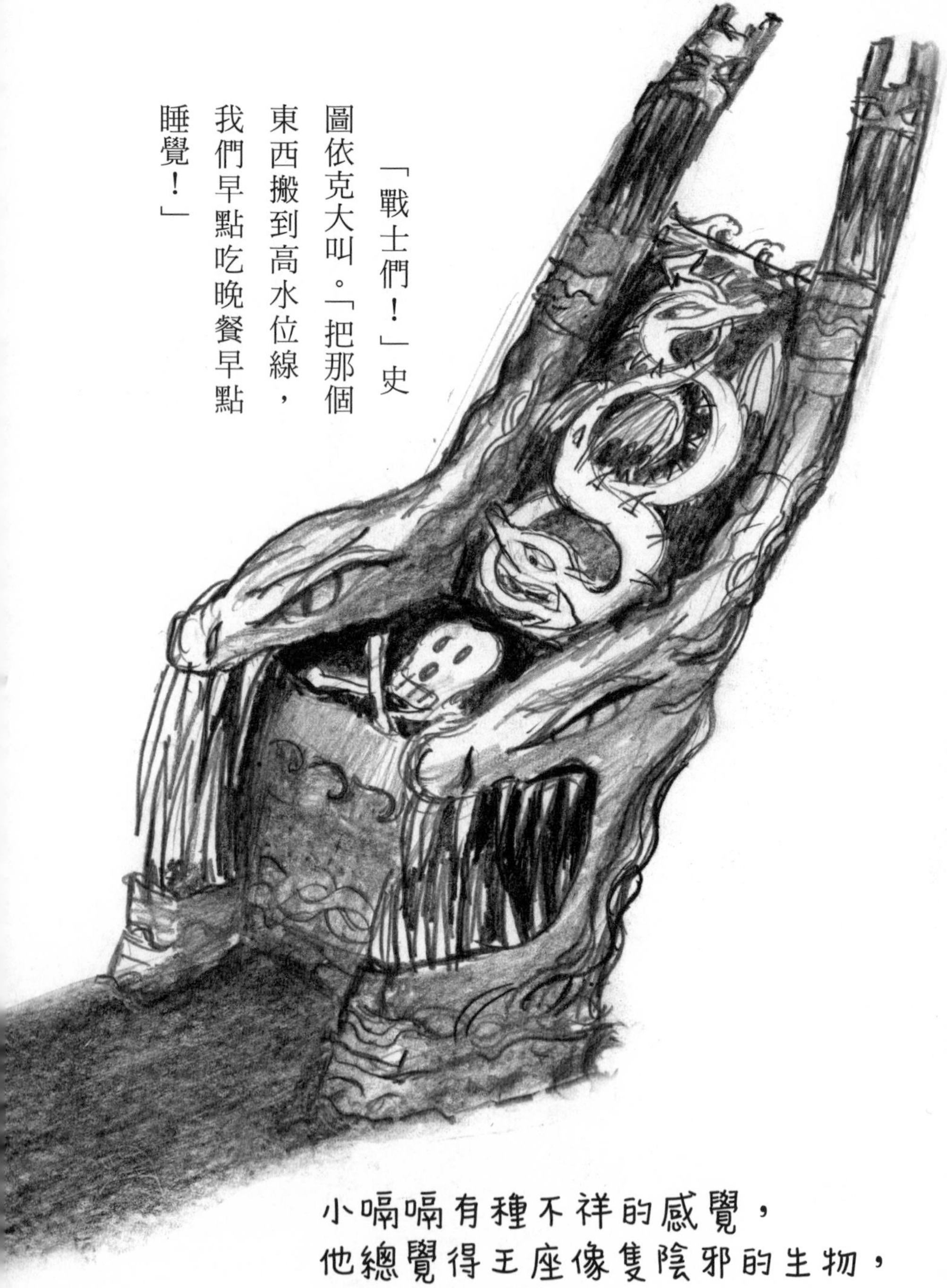

小嗝嗝有種不祥的感覺，
他總覺得王座像隻陰邪的生物，
想把他吸過去。

「小嗝嗝啊，」史圖依克接著說。「你要學著樂觀處事，這也是非常重要的毛流氓特質。這裡其實也是個不賴的露營地嘛，你看，這地方沒有水母！有很棒的遮蔽物！有很多地方可以站哨！**我們去那邊那顆有符文的大石頭旁邊紮營！**」

史圖依克大步走向海灘上一塊刻滿醜暴徒符文的大石頭。

「小嗝嗝，符文寫什麼？」魚腳司緊張地問。

小嗝嗝在岩石前跪下來。「它寫說：『侵入者將被處死，處死的方式很可怕，但如果你運氣好，我們會讓你死得痛快。』大意是這樣。醜暴徒符文很難讀。」

「**屁！**」偉大的史圖依克大罵。他把一大堆漂流木丟在地上，準備生火。「醜暴徒部族覺得這片海灘『鬧鬼』，所以很少來這裡，你們仔細想想就

嗚——嗚——嗚——

會發現這裡**真的**是最完美的紮營地點，醜暴徒不可能發現我們在這裡！」

毛流氓把王座搬到高水位線，在海灘上用石頭和漂流木搭起火堆，點燃營火，烤了一些鯖魚當晚餐吃。吃飽後，他們用熊皮包裹身體躺在火堆旁，狩獵龍躺在他們身邊，試圖入睡。

這可不容易。

毛流氓這才發現，醜暴徒部族很少來心碎灣海灘，可能還有另一個原因。

南方狂戰島的漆黑輪廓，從傍晚就傳來隱隱約約的鼓聲與哼聲，隨著星星出現變得越來越吵，戰鼓般野蠻、原始的鼓聲，彷彿要在小嗝嗝瘋狂跳動的心臟上烙下痕跡。

隨著月亮升上夜空，狂戰島傳出真的、真的很可怕、不像人類會發出來的聲音。

我只能說，那是一種像餓狼哭喊的幽怨號叫聲，但只有人類喉嚨能發出那種聲音……至少，那東西可能有「一部分」是人類。

駭人的聲響宛如冰冰涼涼的水，沿著小嗝嗝的脊椎往下滑。

「狂戰部族……」偉大的史圖依克躺在營火另一邊的暗處，不以為然地嘖嘖兩聲，沉聲

說：「他們到現在還在做活人獻祭，真是老派。對了，我父親以前常說：『永遠別在剛入冬時入侵一大片陸地，也**永遠**別去狂戰島。』小嗝嗝啊，你要記住這句話。」他鄭重地說：「這是父親給兒子的忠告。」

「父親你別擔心，我不會忘記的。」小嗝嗝悄聲回答。

「我知道我不該批評你父親，可是這裡真的不是最完美的紮營地點。」魚腳司抱怨道。他裹著熊皮，在小嗝嗝身旁不停顫抖。「我們闖進全蠻荒世界最殘暴多疑的族長的地盤，睡在鬧鬼的海灘上，隔壁島就是一群喜歡活人獻祭的怪胎。我平常就不怎麼喜歡露營，可是真的真的沒有比這更糟糕的情況了……」

毛流氓們終於一一入睡，最後只剩小嗝嗝注視著天上的星星，以及逐漸黯淡的火光，思索神楓現在究竟身在何處。他自己也很害怕，但至少有許多毛流氓一起作伴。

四小時後，小嗝嗝猛然坐起來。令人毛骨悚然的尖叫聲響徹整片海灘。

「狂戰部族……」史圖依克嘀咕著在沙地上翻身，用熊皮蓋住頭。「他們是很討厭沒錯，可是我們離得這麼遠，他們構不成威脅……」
聽到尖叫聲的毛流氓和狩獵龍全都坐了起來，一聽族長這麼說，又躺了回去。
但小嗝嗝沒有馬上躺下，他正盯著某個東西。
在火光照不到的暗處，王座靜靜立在沙灘上。
哎呀，瘋瘋癲癲的狂戰士和瘋狂女鬼啊！
有人坐在王座上！

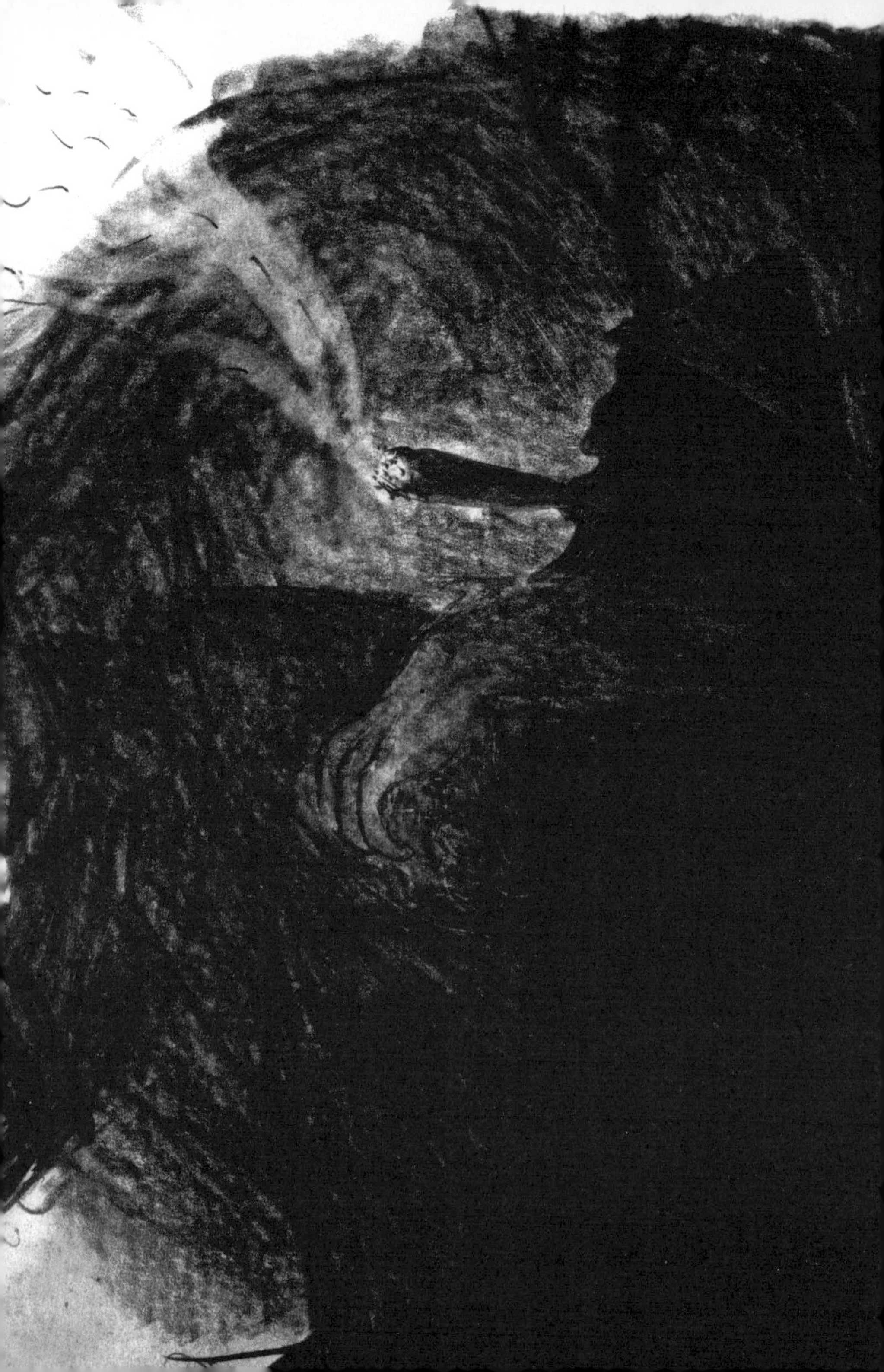

第三章　這絕對「不是」完美的紮營地點

坐在王座上的，可能是以下三種「東西」。

那可能是心碎灣海灘的女鬼，前來挖人心臟。

可能是狂戰士，尋找更多能在儀式中獻祭的活人。

也可能是醜暴徒，想用可怕的方式處死他們，或者他們運氣好，可以死得痛快一些。

三個選項都值得讓小嗝嗝放聲尖叫，叫得越大聲越好，於是小嗝嗝張開嘴巴。

一隻毛茸茸的大手摀住他的嘴。

小嗝嗝只能驚恐地看著好幾個黑影從海灘邊緣靜靜走來，悄無聲息地來到每一個毛流氓的身後。

王座上的人坐在黑暗之中，小嗝嗝看到那人華麗的鹿角頭盔映在夜空中，在月光下悠哉地抽雪茄（註5），菸頭在夜裡閃爍著火光。他打了個手勢，接著營火旁每一個毛流氓都被驚醒，發現自己脖子上架著一把刀。

只有史圖依克例外。

史圖依克仍舊在打呼。

王座上的人影站起身，漫步走向熟睡的史圖依克，輕輕踢了他一腳。

偉大的史圖依克掀開蓋在頭上的熊皮毯，氣呼呼地坐起來。「幹麼？是誰？」

註5　當時的美洲人多半有抽菸的習慣，但維京人極少抽菸。阿醜的雪茄是從「北方一個小夥子」那裡買來的。想深入瞭解維京人和美洲的關係，請參閱《馴龍高手VII：風暴與奴隸船之戰》。

他睡眼惺忪地伸手要拿戰斧。

頭戴鹿角的男人又做了個小手勢，更多沉默的人影把王座搬到火邊。

「**醜暴徒『阿醜』！『你』來這裡做什麼？**」偉大的史圖依克驚呼。他看到族人都被人拿刀架著，握在手中的戰斧沮喪地垂了下來。

偉大的史圖依克腦子不太靈光，但就連他也看得出情勢不妙。

他們身在醜暴徒地盤，醜暴徒部族的鯖魚被他們烤來吃，啃得一乾二淨的魚骨頭散在營火邊，罪證確鑿。

「這個嘛，史圖依克，」醜暴徒阿醜柔聲說，嘴角露出老虎試圖表現善意的微笑。「這裡是我的海灘嘛……」

小嗝嗝認識的維京族長大多很驃悍，卻也有點蠢。

阿醜之所以可怕，是因為他不僅是蠻荒世界最有權勢、最殘暴的國王，領土範圍極廣——龍族就算朝東方不眠不休地飛一個星期也到不了領土邊界——他還是十分聰明的人。

「阿醜，你聽我解釋！」偉大的史圖依克倒抽一口氣。

「史圖依克啊，我這個人的原則就是井水不犯河水，」醜暴徒阿醜笑吟吟地說。「你們野蠻的西方族長都是小偷，你們愛互相偷來偷去、打來打去、殺來殺去，那是你們家的事，我有沒有干涉過？沒有嘛。只要不來偷『我』的東西，我們就能相安無事。」阿醜突然不笑了，語氣只剩純粹的威脅。「你們來動我的東西，那就是冒犯了『我』，只要敢偷我的東西，那……」阿醜沒有說完，恐嚇的語句懸在空中。

「……你就會用可怕的方式把他們處死，」史圖依克幫阿醜接話，他難得聽得懂別人的言下之意，感到相當得意。「但如果他們運氣好，你會讓他們死得痛快。阿醜，這我知道……」

「史圖依克，說得好，說得好啊。」阿醜說。「你能答得這麼好，我非常欣慰。可是史圖依克，問題來了，根據我家密探龍的說法，你三更半夜帶著全族的戰士擅自侵入我的地盤……」他用雪茄示意史圖依克的兩艘船。「疑心病重一點的人也許還會認為，你把王座放在我的海灘，就是在我的地盤宣示主權。有些人可能會覺得這是不友善的舉動……」

「不是，不是，阿醜你誤會了！」偉大的史圖依克連忙澄清。「那不是我的王座！我們來的時候，它就已經在沙灘上了！」

醜暴徒阿醜露出難看的笑容。「史圖依克，我們是老朋友了，」阿醜的語氣變得比冰還要冷硬。「但就連你的朋友也不得不說，你這個人腦袋不怎麼好使。你說這不是你的王座，那為什麼它背面刻的是毛流氓部族的紋徽？」

阿醜咬著雪茄坐回王座，身體往後靠，一隻手高高舉起。小嗝嗝看到所有拿刀架著毛流氓的醜暴徒盯著族長的手，要是阿醜的手往下揮，小嗝嗝和其他毛流氓會被當場處死。

小嗝嗝用力咬那隻摀住他嘴巴的大手，逼壯漢鬆手，大叫出聲：「**大胸柏莎知道我們在這裡！**」

醜暴徒阿醜的雪茄停在空中，若有所思。最後，他說：「讓那個男孩說話。」

抓住小嗝嗝的醜暴徒放開手，小嗝嗝摔倒在沙地上。

「這，」阿醜輕聲說。「是哪位？」

「這是我的兒子和繼承人，小嗝嗝·何倫德斯·黑線鱈三世。」偉大的史圖依克連忙回答。

「個子這麼小的繼承人，名字倒是挺長的。」阿醜說。「小嗝嗝·何倫德斯·黑線鱈三世，你想怎麼為自己辯解？」

「我們沒有要偷襲你們的意思，我們是來找柏莎的小孩的，她在前幾天的暴風雨中失蹤了。」小嗝嗝說。「你仔細看看王座，就會發現它至少在海裡待一百年了，那應該是我祖先的王座，最近才被暴風雨沖上海灘。如果全毛流氓部族不帶惡意地來這裡找人，結果在醜暴徒地盤全員失蹤，大胸柏莎一定會來找你問罪。」

醜暴徒阿醜仔細看著小嗝嗝。

「我可以跟她說這是場不幸的誤會。」他摸著鬍子說。

「會有人問各種麻煩的問題，」小嗝嗝堅定地告訴他。「會有人起疑心。這麼多人的屍體，應該很難全部藏起來吧？」

「真是個**聰明**的小毛流氓，」阿醜若有所思地說。「還是個有本事的政治家呢。毛流氓部族竟然有這樣的後輩！這下，情況變得很有趣了。」

他在漆黑的夜裡，叼著雪茄抽了半晌。

醜暴徒阿醜攤開雙臂，大喊：「史圖依克，我相信你！」

他熱情地和史圖依克握手。

所有醜暴徒都移開架在毛流氓頸邊的刀子，往後退了一步。

「真的嗎？」史圖依克鬆了一大口氣，卻不怎麼瞭解狀況。

「**沒錯！**」阿醜大聲說。「**我沒有要殺你的意思！只是開個玩笑而已！**」

「開玩笑？」史圖依克說。

「**哈哈哈！**」醜暴徒阿醜大笑。

「哈哈哈。」史圖依克回應道。

「**哈哈哈哈哈。**」醜暴徒們與毛流氓們跟著大笑，有些人笑得比較真誠，有些人還在狀況外。

「**我來這裡找你說話，是為了完全無關的另一件事！是不是很好笑啊？**」醜暴徒阿醜笑著說。

「是很好笑啦，」史圖依克尷尬地說。「呃……阿醜，你找我做什麼？」

「這個嘛，史圖依克，這其實是件很嚴肅的事。」阿醜不再嬉笑。「我希望我們能和平解決問題……但我不覺得這是有辦法和平解決的問題。」

史圖依克吞了口口水。「天啊，聽起來真的很嚴肅。」

「這件事和我女兒的貞潔有關。」醜暴徒阿醜正經

八百地說。「毛流氓部族有人一直寄情書給她。」

如果史圖依克腳上有穿靴子，那此刻他的心臟應該會一路沉到靴底。

在很久以前的暗黑時代，寄情書是一件：

非常。

嚴肅。

而且。

非常。

危險。

的事。

這是真的。

「要不要邊喝茶邊聊啊？」醜暴徒阿醜笑容滿面地問。

第四章　和醜暴徒阿醜喝茶

「**喝茶？**」史圖依克有點困惑地說。「可是現在是半夜耶！」

「從狂戰部族的叫聲看來，現在應該是凌晨三點。」醜暴徒阿醜說。「他們的死夜儀式通常到兩點才會真正熱鬧起來。對了，史圖依克，你選的紮營地點真的很有趣……」

「這地方的確不是很理想。」史圖依克悶悶不樂地承認。

狂戰島的可怕號叫聲變得更吵了，音調高到讓人起雞皮疙瘩，你聽了會覺得手臂被蕁麻摩擦，後頸的汗毛也會全部豎直，彷彿海膽的硬刺。

「不對，應該是……兩點五十分。」醜暴徒阿醜歪著頭聽隔壁島飄來的叫聲，糾正自己。

「隨便啦，」史圖依克說。「反正現在太晚了，不適合喝茶，而且我已經吃過晚餐了。」

「唉呀，史圖依克，你就讓我盡盡地主之誼嘛。」醜暴徒阿醜笑著說。「讓我用凌晨兩點五十分的小野餐、小宵夜歡迎你們光臨醜暴徒領土。我覺得要討論麻煩事，還是邊吃東西邊談比較好。」他拍拍手。

阿醜的船停泊在壞掉的肥企鵝號旁邊，醜暴徒們從船上取來許多盤子、湯匙、一杯杯蜂蜜酒、成塊的鹿肉、牛奶、麵包，還有凌晨兩點五十分小野餐可能會用到的所有東西。

沒牙因為今天少睡了兩頓午覺，實在太累了，所以沒和其他人一起吃晚餐。可憐的小沒牙吃到一半就睡著了，牠一直點頭，一直點頭，最後整顆頭栽進湯裡。小嗝嗝沒有吵醒牠，而是幫牠洗洗臉後將牠放進背心口袋。即使狂戰部族舉行死夜儀式，在遠處亂吼亂叫，毛流氓部族還被醜暴徒部族偷襲，沒牙也沒有醒來。

現在牠嗅到食物的氣味，才把抽動個不停的小鼻子探出小嗝嗝口袋，撐開惺忪的雙眼。

「食、食、食物！」沒牙興奮地小聲嗚咽，牠餓到口水瞬間流出來。「沒牙餓、餓、餓、餓扁了！」

「沒牙，冷靜點。」小嗝嗝警告牠。他用湯匙撈起一條黑線鱈魚，送到沒牙面前。「我知道你肚子餓，可是你不可以一次全部吃完……你每次吃太快都會鬧肚子……沒牙，慢一點……細嚼慢嚥……慢慢吃……喂！沒牙！」

太遲了。

沒牙今天在附近到處飛來飛去找神楓，實在餓壞了，牠貪心地一口吞下整條黑線鱈……

……連湯匙也被牠吞下去了。

「唉，沒牙啊。」小嗝嗝嘆息一聲，他正要說些什麼，突然看到醜暴徒阿醜的女兒走過來，準備和他們一起用餐。

小嗝嗝曾在年度競賽看過她一眼，當時她身旁都是保鑣。

「這是我可愛的女兒，鬧脾氣．醜八怪。」醜暴徒阿醜說。

阿醜可愛的女兒身高約六呎二吋，擁有一頭茂密的火紅色頭髮，還有一雙綠色眼眸。一隻美麗的紅色誘惑龍在她頭上築了巢，鬧脾氣正在餵牠吃橡實。

她看起來美麗無比，也氣憤無比。

「喔喔我的雷神索爾啊……」魚腳司尖聲說，整張臉脹成紅色。「她在看我們……她在對我們笑……她在對我們『揮手』！表現得自然點……要酷酷的……不可以驚慌……」

魚腳司先是羞紅了臉，接著臉色慘白，他激動到當場昏倒，從椅子上摔下來。

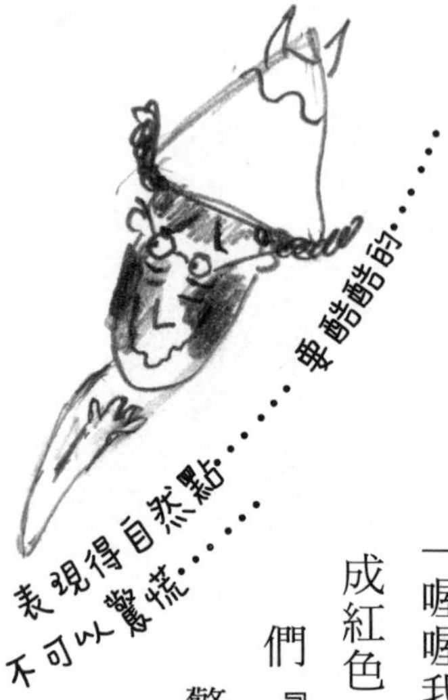

「唉，魚腳司，很酷喔。」小嗝嗝邊說邊把他叫醒，扶著他回到椅子上。「你好有魅力喔，地獄貓咪維京女戰士看到你昏倒，一定都很佩服你。等你長大了，一定會是萬人迷。」

「她還在看我們嗎？」魚腳司閉著眼睛問。

「等一下……不要張開眼睛……她還在笑……她還指著你……」小嗝嗝說。「嗯……她沒在看你了。她在挖鼻孔還有跟旁邊的人聊天，沒事了，你可以張開眼睛了。」

「她剛剛看我了……」魚腳司摀著心口嘆息。「鬧脾氣・醜八怪居然看我了……而且還對我笑……還對我揮手……她是天使！她是女神！」

小嗝嗝看瘋子似地盯著魚腳司。「魚腳司，你怎麼了？你腦袋壞掉了嗎？」

小嗝嗝檢查魚腳司的眼睛，確認他沒有要進入狂戰士模式。通常魚腳司在進入狂戰士模式時，眼睛會變得粉紅粉紅的。

「史圖依克，我女兒是我的寶貝。」阿醜語帶威脅地說。「這件事關係到她

的貞潔和蠻荒律法，相關規則你也知道：如果有人不事先得到女孩子父親的許可，就擅自寫情書給女孩子，那個人就必須立刻向她求婚，不然就侮辱了她和她全族。」

奇怪的是，在蠻荒群島，「墜入愛河」是非常非常危險的一件事，和愛情相比，騎龍、鬥劍和其他年輕維京人的活動，都不算什麼。

「規則很清楚，」阿醜沒有多說廢話。「如果寫情書的人有貴族血統，他可以完成我給他的『不可能的任務』，達成任務就能和我女兒結婚。」

「如果寫情書的人不是貴族呢？」小嗝嗝問道。

「那他就侮辱了醜暴徒部族，我可以當場殺死他。」醜暴徒阿醜笑著說。

「要是沒有人認罪，我可以殺死你們毛流氓部族所有未婚男子——這都是蠻荒律法的規定，沒有人會問麻煩的問題，沒有人會起疑心，因為這是我的權利。」

「『愛情』什麼的，真讓人頭疼，太讓人頭疼了。」史圖依克憂愁地搖頭說。

「阿醜，你好像忘了一件重要的小事情。」小嗝嗝說。「你沒辦法證明情書是毛流氓寫的。」

「對啊，我們怎麼會寫情書呢，」史圖依克驕傲地說。「我們大部分的毛流氓連字都不會寫。」

阿醜微微一笑，他把雪茄塞進嘴裡，站了起來。「我把其中一封信唸給各位聽吧，或許你們聽了會突然想到些什麼。」

野蠻的族長清了清喉嚨。

這是詩意的一刻……可惜唸情書的，是個叼著大雪茄、雙眼閃爍著不懷好意的精光的維京族長——全蠻荒世界最殘暴的族長。

博克島沼澤玫瑰
(比蕁麻還刺，聞起來像牛大便)

親愛的鬧脾氣•醜八怪，
妳的眼睛像是兩汪碧泉，
妳的頭髮真是鮮紅搶眼，
妳的~~西西是~~四足動物很討喜，

~~棒~~

~~印象深刻~~

~~好~~

~~壯觀~~

希望妳能跟我在一起。

誠摯的，

？

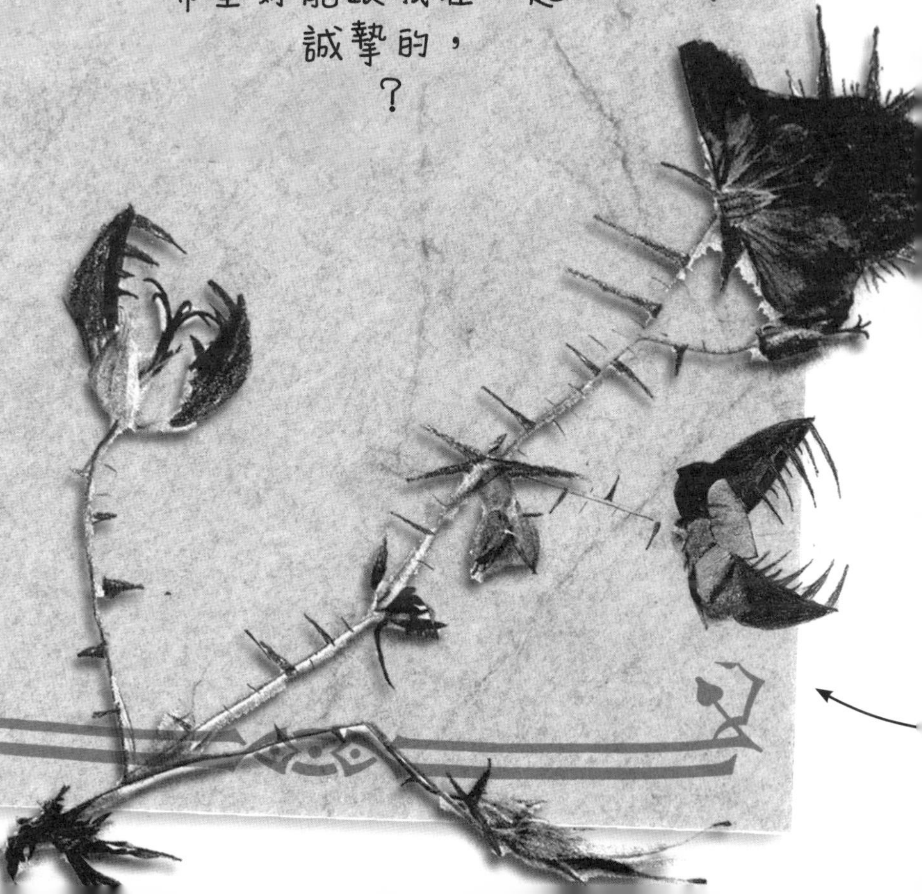

毛流氓們哄然大笑。

「他們在笑我女兒嗎？」阿醜若無其事地問。

「**安靜！**」史圖依克大吼。海灘上鴉雀無聲，有人不小心輕笑出聲，也趕緊閉上嘴巴。鬧脾氣・醜八怪拿著金杯子，有點憤怒地欣賞自己的杯中倒影。

「我在等人認罪……」醜暴徒阿醜說……小嗝嗝轉頭要對魚腳司說悄悄話，結果看到魚腳司紅透了的臉。魚腳司不安地在座位上扭來扭去，不肯對上小嗝嗝的視線。

小嗝嗝突然想到一件很糟糕的事。阿醜露出不懷好意的笑容。「信裡還有一朵押花……你們不覺得很浪漫嗎？真可愛……」阿醜輕聲說。他晃了晃信紙，押花落到他手中。「各位請看……這是博克島沼澤玫瑰。」

博克島沼澤玫瑰是一種帶刺的棕色花朵，味道很重（而且非常不好聞），它十分罕見……只生長在博克島最深處的沼澤裡，因此是毛流氓部族的族花。

阿醜再次坐下。「各位請自行討論。」

第五章　鬧脾氣．醜八怪的第十二個未婚夫

小嗝嗝驚恐地轉向魚腳司。

「魚腳司，那該不會是你寄的吧？」他焦急地用氣音問。

怎麼可能是魚腳司呢……魚腳司才十三又四分之一歲，年紀這麼小的男孩，怎麼會寫情詩給美麗又驕縱的公主，惹火人家愛殺人的父親呢……

可是魚腳司的臉變得比夕陽還紅，他把眼鏡往鼻頭推，用小嗝嗝幾乎聽不到的低聲說：

「呃……」他咳嗽一聲。「我最近在練習寫詩，你不覺得我寫得很好嗎？」

儘管情勢危急，魚腳司還是為自己的藝術作品感到驕傲。「好吧，『四足動物』

不怎麼有詩意……我寫得不是很流暢……寫詩比我想像中困難……」

「笨蛋，你在說什麼啊？」小嗝嗝嘶聲說。「它是不是好詩不是重點好嗎？醜暴徒部族才不管你的詩寫得怎麼樣，他們比較想把別人的頭砍掉，還有把別人的手臂綁成複雜的結。我的奧丁大神啊，重點是，你沒事幹麼寫情詩給她？」

魚腳司的臉變得比紙還蒼白。「我只是覺得她很漂亮，她給了我很多寫詩的靈感，就這樣。其實，」魚腳司解釋道。「我覺得我好像不適合當毛流氓戰士，鬥劍和戰斧啊、亂叫亂撞啊什麼的，所以如果我沒辦法完成海盜訓練課程——老實說，這還滿有可能的——我可以轉行當詩人，慢慢升到行吟詩人，甚至是『吟遊詩人』……」

「魚腳司，你的想法很棒，我沒有要批評你的意思，」小嗝嗝說。「可是你的未來發展我們待會再談，**現在**還有更要緊的問題。」

「小嗝嗝，對不起。」魚腳司說。

魚腳司緊張地取下眼鏡，又把眼鏡戴回去。

他用力吞了口口水。

「你覺得他會怎麼對付我？」他小聲問小嗝嗝。

「他會用很可怕的方式殺了你，」小嗝嗝耐心地解釋。「但如果你運氣好，他可以讓你死得痛快一點。」

「真的嗎？」魚腳司顫抖著問。

「我敢肯定。」小嗝嗝說。「我們恐怕生活在很不平等的時代，只有『貴族』能當鬧脾氣的未婚夫，所以阿醜應該會當場處死你。」

「那麼，」阿醜笑吟吟地說。「我恐怕得請犯人自首了。我數到五，一……二……三……」

「我得自首，」魚腳司悄聲說。「不然我們**所有人**都會被殺。小嗝嗝，謝謝你這些年一直當我的朋友。」

「……**四**……」阿醜出聲警告。

魚腳司顫抖著站起身，抖個不停的雙手摘下眼鏡，用衣服擦了擦，再一臉堅定地戴回鼻子上。

「等一下！」小嗝嗝小聲說。「我好像想到可行的計畫了！」

「是機智的計畫嗎？」魚腳司滿懷希望地問。

「我的雷神索爾啊，」小嗝嗝說。「『有點』機智而已。現在沒時間想這麼多了……」

「**停！**」小嗝嗝大喊。

大家都轉過來看他。

天啊。

我的雷神索爾啊……
魚腳司，
這份人情
你一定要
還喔……

這也太困難了。

「詩是『我』寫的。」小嗝嗝說。

海灘上，一片短暫的沉寂。

小嗝嗝不敢看鼻涕粗和狗臭，他們正哄然大笑。

「史圖依克，原來情詩是『你的繼承人』寫的啊。」醜暴徒阿醜輕笑著說。

他往後靠在王座的椅背上，深深吸了口雪茄。「我就知道事情會有好結果。」

「小嗝嗝！」偉大的史圖依克高呼。「你沒有寫情詩吧？」

「父親，非常抱歉，那的確是我寫的。」小嗝嗝撒謊。

鼻涕粗和無腦狗臭「嗤嗤嗤」地笑。

「這是什麼意思？」偉大的史圖依克的腦袋還沒轉過來。

「意思是，」醜暴徒阿醜志得意滿、悠悠哉哉地說。「根據我們蠻荒群島的律法，你兒子——小嗝嗝・何倫德斯・黑線鱈三世——是貴族，所以他運氣非常好，可以成為我親愛的女兒——鬧脾氣・醜八怪公主——最新的未婚夫。」

「可是……可是……可是……」偉大的史圖依克瞠目結舌。這個主意實在太爛了，至於為什麼很爛，理由多得數不清，史圖依克試著把焦點放在其中一個理由上。「可是他們兩個年紀差這麼多……」

「我倒不覺得年齡差距會是個問題，」醜暴徒阿醜笑吟吟地說。「畢竟他得先完成我『不可能的任務』，才能和我女兒結婚。」

「你們說我是『最新的』未婚夫，」小嗝嗝說。「鬧脾氣公主，請問妳目前為止有過幾個未婚夫？」

「十一個。」鬧脾氣甩了甩頭髮，給了自己父親一個火冒三丈的眼神，小嗝嗝覺得阿醜的鬍子沒有馬上燒起來真是奇蹟。「我真正愛的是上上上個未婚夫，反正我一定要跟他結婚就對了……」

「**愛！**」醜暴徒阿醜冷笑一聲。「公主怎麼可能跟她『愛』的人結婚！更何況，我覺得上上上個未婚夫說了謊，他應該不是貨真價實的貴族，所以他不算數。」

「父親，我才不要因為一個人有什麼貴族血統就跟他結婚呢！」鬧脾氣開始鬧脾氣。「我受夠了城堡啊、溫暖的家啊、保鑣啊、珠寶啊什麼的，本公主就是要跟英雄結婚。本公主要跟屬於本公主的英雄結婚，在夕陽下啟航，夜裡睡在星空下，有什麼問題就用劍解決，要去哪裡就讓海風決定。本公主要跟本公主愛的上上上個未婚夫——屬於本公主的英雄——結婚！」

「唉呀，可是鬧脾氣，問題來了。」醜暴徒阿醜微笑著指出。「妳的英雄出發去執行不可能的任務就再也沒有回來了……他倘若是真正的英雄，怎麼可能回不來呢？」

「他會回來的……」鬧脾氣固執地甩了甩美麗的紅髮，雙臂交叉。「他一定會回來的，我會一直一直等他。」

「我親愛的小鬧脾氣，妳當然可以等，」醜暴徒阿醜說。「但妳可能會等很久，也許要等一輩子。」

「我可以等很久。」鬧脾氣說。「要我等一輩子也沒問題。」

「那妳繼續等吧，」醜暴徒阿醜柔聲說。「我不會阻止妳等下去的。不過，」他轉身面向偉大的史圖依克。「我對女婿的要求不怎麼高，只要他有貴族血統……」（「**哈！**」鬧脾氣嗤之以鼻，甩了甩頭髮。）「……再為蜜月準備一桶蜂蜜酒。」（註6）

偉大的史圖依克聽了喜出望外。「這就是不可能的任務嗎？」他興奮地問。「聽起來一點也不難啊！我結婚前完成的不可能的任務，比這難得多了，岳父叫我去熔岩粗人山找火焰石，我告訴你，那可難了！我要是不夠有力、不夠敏捷、肌肉不夠強壯、沒有英雄氣概，根本不可能完成任務！和我的任務比起來，你這個聽起來太簡單了！一桶蜂蜜酒，那根本就不算什麼！」

「我相信任務應該有陷阱，」小嗝嗝說。「否則之前的十一個未婚夫早就有人成功了。」

註6　維京人所謂的「蜜月」，是指大家喝蜂蜜酒慶祝新婚的一整個月。

「沒有陷阱啊。」阿醜聳聳肩。「可是我們醜暴徒部族只接受最好最好的蜂蜜酒，所以你給我的蜂蜜酒，必須是用全世界最高級的蜂蜜釀成的。至於哪裡的蜜蜂能生產全世界最高級的蜂蜜……」

阿醜戲劇化地頓了頓。

「……只有『狂戰島』的蜜蜂有這個本事。」

心碎灣海灘的營火周圍，只剩一片死寂。

月亮在輕輕波動的海上點亮一條銀白道路，停泊在海灣的船隻倒映在海面，倒影在星光下舞動。

後方的沼澤裡，永不鳥一次又一次發出難以忘懷的悲鳴，彷彿在說：「你在哪——裡？你在哪——裡？」

營火周圍所有人都轉向南方，遙望狂戰島巨漢般的形影，它宛若痛苦、憂愁、彎著腰的野獸，鬱鬱寡歡地窩在天邊。這時候，死夜儀式剛好要結束了，號叫聲音量漸強，彷彿有一千個復仇女神因牙痛而哭喊。狂戰島上雖然無風，樹梢卻微微晃動。

那邊到底發生了什麼？

小嗝嗝真的、真的不想知道。

偉大的史圖依克驕傲地挺起胸膛，一手搭著小嗝嗝肩膀。「我兒子會去狂戰島採蜂蜜，不然就在任務中**壯烈犧牲**！小嗝嗝，你說是不是啊？」

「沒錯。」小嗝嗝用力吞了口口水。

「太棒了！我就喜歡你們這種直爽的人！」醜暴徒阿醜大吼。「那把婚期定在仲夏日如何？這樣你會有充裕的時間去死——呃，不對，是採很多蜂蜜。請在仲夏日早上五點鐘，帶著……嗯……那就……五罐狂戰島蜂蜜，來醜暴徒城堡見我。**好啦，**」阿醜滿意地摩擦雙手。「事情應該都談完了。史圖依克，我把這個王座帶走，你應該不會介意吧？漂到這片海灘的東西，都算是我的。」

醜暴徒離去前，小嗝嗝還想問未來的岳父最後一個問題。

「神楓——」他說。「我們在找的沼澤盜賊女孩叫神楓。阿醜族長，請問你有看到她嗎？」

「這個啊，」阿醜說。「神楓是不是個子小小的，大概這麼高，金髮看起來很久沒梳了，還喜歡來我的地盤偷美麗、稀有的心情龍？只有醜暴徒阿醜可以養心情龍，誰敢來偷『我』的東西，一定會吃大虧。」

「就是她沒錯。」小嗝嗝有種不好的預感。

「我這輩子從來沒看過她。」阿醜露出特別不懷好意的笑容。「再會了，小嗝嗝・何倫德斯・黑線鱈三世。」

第六章　獨自一人

與此同時，不遠的某處，神楓在黑暗中唱歌給自己聽。

她靠歌聲讓自己打起精神。

神楓不是那種遭遇難關時會驚慌失措的孩子。

還好她不容易驚慌失措，因為她已經被關在黑暗中一個星期了。這是樹幹的內部，空間小到她伸出雙手就能碰到牢籠兩側，令人窒息。

牢房只有一個鎖，她怎麼也無法撬開它。她沒有挖洞的工具，就算有，也不知道該挖往哪裡。

可是我不怕。她告訴自己。她當然是在擔心她的龍，暴飛飛被那個討厭的男人帶走了，誰知道牠現在在哪裡？神楓希望牠沒被關起來，她知道牠無法忍受牢獄生活。

不過神楓一點也不怕。

雖然她的親朋好友都不知道她在哪裡，雖然她所在的這棵樹位在森林裡，從外面看來和其他三萬五千六百七十二棵樹差不多，她也不怕。

雖然她完全迷失了方向，簡直像在暴風雨的夜晚，乘著暴風海燕號在洶湧波濤中航行，不小心掉進了宇宙裡的黑洞，她還是不怕。

我沒有「真的」迷失方向，她告訴自己。人所在的「地點」並不重要，重點是知道自己是「誰」，而神楓是天不怕、地不怕的沼澤盜賊。

所以，神楓高唱起沼澤盜賊部族的族歌，嘹亮的歌聲在漆黑樹洞裡迴響。

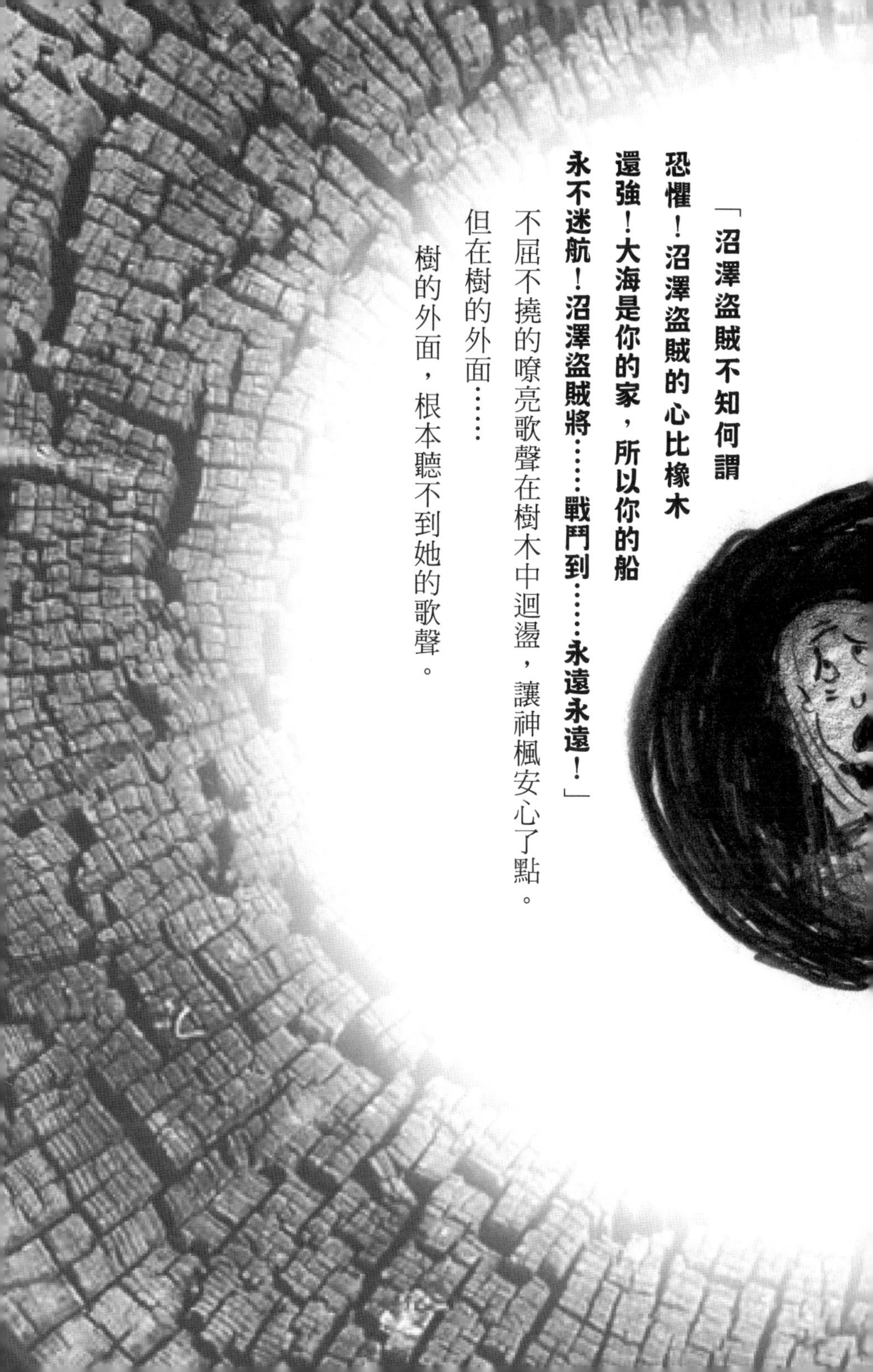

「沼澤盜賊不知何謂恐懼！沼澤盜賊的心比橡木還強！大海是你的家，所以你的船永不迷航！沼澤盜賊將……戰鬥到……永遠永遠！」

不屈不撓的嘹亮歌聲在樹木中迴盪，讓神楓安心了點。

但在樹的外面……

樹的外面，根本聽不到她的歌聲。

第七章　我明早就要結婚

毛流氓一起修好肥企鵝號，繼續徒勞無功地找神楓，找了大約一天（這一次，他們謹慎地在平靜度日島紮營，那裡雖然有很多水母，但沒有鬼魂、狂戰士或醜暴徒）。

偉大的史圖依克派信使龍捎信給大胸柏莎，告訴她毛流氓部族怎麼找也找不到神楓，就一行人乘船回博克島去了。

醜暴徒阿醜沒規定小嗝嗝要獨力採蜂蜜，所以在偉大的史圖依克看來，全毛流氓部族的戰士都在半夜騎龍去襲擊狂戰島，小嗝嗝比較可能成功採到狂戰島的蜂蜜。

小嗝嗝喜歡鬧脾氣……
羞羞臉……羞羞臉……
親親親親親親

因此，隔天傍晚，參加海盜戰士訓練課程的十二個男孩在打嗝戈伯老師面前散散地排成一排，身上都穿著黑色的夜間飛行衣，而這裡，是博克島的制高點——大山丘的「差不多森林」前。

「**大家聽著！**」打嗝戈伯大吼。「我們年輕的小嗝嗝是人家未婚夫了……」

男孩們嘻嘻笑笑，發出親嘴的聲音。

「小嗝嗝喜歡鬧脾氣……羞羞臉，羞羞臉……」阿呆嘲笑道。阿呆是個呆呆的小壯漢，頭上長了兩隻壺耳般的招風耳。

「喂，小嗝嗝，談——戀——愛——是什麼感覺啊？」小悍夫那特壞笑著問。

「妳的眼睛像是兩汪碧泉……妳的頭髮真是鮮紅搶眼……」快拳樂呵呵地唸道。

「**哈哈哈哈哈！**」大家放聲大笑，害小嗝嗝

的臉紅得像要滴出血來。

「明明就是沒用的小嗝嗝太軟弱，去跟女生愛來愛去的，我們其他人幹麼跟著他拚命啊……」鼻涕粗冷笑著說。「他寫那什麼肉麻的詩，太丟臉了……他的詩超級爛！」

「**安靜！**」戈伯大喊。「鼻涕粗，這是練習騎龍術的好機會。聽好了，狂戰部族是全世界最可怕的戰士，狂戰島是蠻荒群島最危險的地方之一，我們無論如何都不能被抓住，所以你們將會在黑暗中騎龍**高速**飛行，一路上要盡量避開樹木。這聽起來很簡單，做起來就沒那麼容易了。」

年輕戰士不久前才剛學會騎龍在空中飛行。

騎龍術十分複雜，你得分好幾個階段學習騎龍，不僅得學著引導馱龍往左或往右，還得在空中上下移動，而且通常速度都很快。龍族的飛行技術非常好，野生龍能自然學會滑翔、俯衝、倒飛、排成飛行陣、翻滾飛行和其他絕技，龍騎士則須花好幾年掌握這些技巧。

「**來吧！**」戈伯大吼。「我們今天要來練習奇襲狂戰島！我在樹上掛了一些葫蘆，代表你們到時要採集的蜂蜜，你們要在樹林裡穿梭飛行，盡可能收集蜂蜜再飛回起點。練習的同時，我會裝成『毒刺驚嚇龍兼狂戰士』。」（註7）

「老師，你的偽裝真好看。」魚腳司說。

「謝謝你。」戈伯回答。

打嗝戈伯的狂戰士裝扮，其實就是在身上塗一堆顏料，然後把一條毛茸茸的內褲穿在頭上。他帶著一把弓，箭頭塗滿黏黏的藍色染料。

註7　毒刺龍和驚嚇龍都是狂戰森林裡危險的龍族。

「好喔，」戈伯鄭重地皺著眉頭說。「如果被我抓到，或是被我的箭射中，意思就是在真正的狂戰島採蜂蜜任務中，你已經跟渡渡鳥一樣死翹翹了。」他清了清喉嚨。「**上龍！**」打嗝戈伯高呼。

小嗝嗝的馱龍是隻焦慮又不修邊幅的風行龍，牠的耳朵有點破爛，翅膀破得更是嚴重。

「**沒牙肚肚痛。**」沒牙嗚咽著說。牠的小臉看起來的確比平時還要綠，但這其實很難看出來，因為牠本來就跟青草一樣綠。剛才牠覺得大家一直講話太無聊，於是在空中翻了五個筋斗。

「**那就不要再翻筋斗**

了。」小嗝嗝建議牠。

「**開始——！**」戈伯大吼一聲，吹響號角。

小嗝嗝在練習時表現得還可以，風行龍雖然有點笨拙，在樹林中穿梭飛行的速度倒是挺快的。

可憐的魚腳司就比較辛苦了，他的水痘龍脾氣很壞，動不動就要用後腿立起來，把騎在背上的魚腳司甩掉。更慘的是，魚腳司對他的馱龍過敏，一直瘋狂打噴嚏。

戈伯玩得很開心，他頭上套著毛內褲，紅通通的臉不時冒出來，像報喪女妖一樣大聲尖叫。他從魚腳司背後接近，發出不輸真正的毒刺龍、驚嚇龍和狂戰士的號叫聲，聲音震耳欲聾，魚腳司聽了覺得肋骨要裂開、整顆

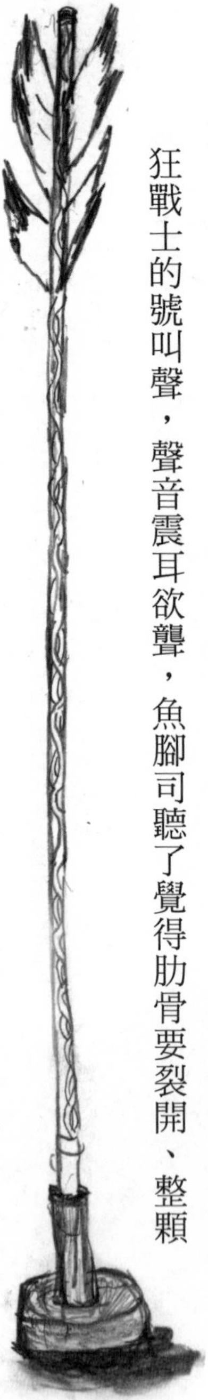

維京人訓練用的箭矢，箭頭是沾了黏答答藍色染料的木塊。

頭都隨著嗡嗡作響。

「**啊啊啊啊啊咿咿咿咿咿！**」魚腳司扯著嗓門尖叫。水痘龍氣呼呼地噓氣，像極了設德蘭矮種馬會發出的聲音，接著失控地在差不多森林裡橫衝直撞，有樹枝就直接撞下去，有樹叢就險險擦過去，一棵勉強撐過暴風雨的小花楸樹，就這麼被牠輾了過去。最後，水痘龍像不要命的犀牛，**砰！**一聲直直撞上一棵堅硬的橡樹。

還好水痘龍的頭部像安全帽一樣耐撞，只有眼冒金星而已。

魚腳司就沒那麼好運了，他從水痘龍背上滑——滑——滑——出去，自己也一頭撞在樹幹上，頭下腳上地掛在龍鞍底下，只剩一條安全帶綁在他腳踝，讓他勉強不落地。頭暈目眩的水痘龍像隻喝醉酒的飛蛾，繼續漫不經心地在林中飛行。

打嗝戈伯大叫著追上去，還不留情面地拿箭射魚腳司，魚腳司從腳踝到頭上的腫包都被射中了。

「魚腳司，你已經被我射十八箭了！」打嗝戈伯愉快地喊道。「小子，你要**加油**啊。」吼完，他就掉轉龍頭去追小悍夫那特。小悍夫那特彷彿在滑雪，他控制馱龍用漂亮的動作從幾棵赤楊木之間穿過去。

「**哈哈哈哈哈哈哈哈哈哈！**」幾個不怎麼體貼的小毛流氓戰士讓馱龍停下來，專程來嘲笑倒掛在水痘龍身下的魚腳司。

這樣當然是很好笑沒錯，但魚腳司現在倒掛在離地三十英尺

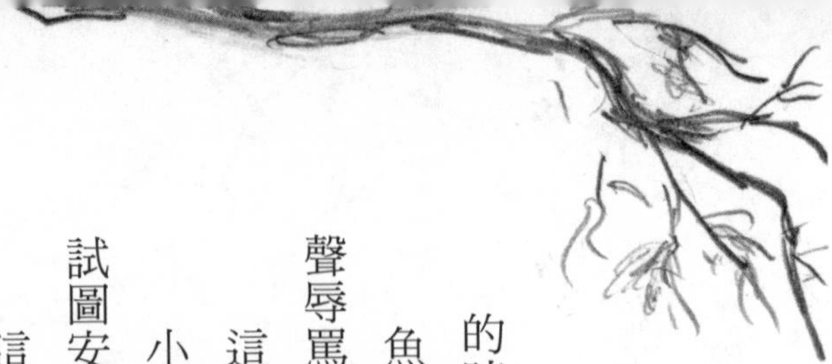

的空中，情況有點危急。小嗝嗝一甩風行龍的韁繩，俯衝下去，就在魚腳司的腳滑脫安全帶的瞬間，風行龍接住了魚腳司。

小嗝嗝帶著魚腳司回到安全的地面。

然而，魚腳司生氣時容易進入狂戰士模式，特別是頭部受到撞擊的時候，現在，他又要變成狂戰士了。

魚腳司沒有感謝小嗝嗝，反而整張臉脹成紫色，怒不可遏地跳上跳下，尖聲辱罵騎龍飛在上方嘲笑他的男孩們。

這當然沒有什麼用，只有讓其他人笑得更大聲。

小嗝嗝很擔心好朋友的狀況，他從風行龍背上爬下來，拉著魚腳司的手臂試圖安撫他。「魚腳司，你冷靜點……」

這顯然是錯誤的決定。魚腳司氣急敗壞地甩開他的手，大叫：「你幹麼一直『多管閒事』？」

「我多管閒事，」小嗝嗝耐心地說。「是為了防止你從三十英尺的空中摔下去，撞到頭……」

「你幹麼每次都要管我！」魚腳司氣憤地叫嚷。「我花了那麼多時間寫詩，你幹麼雞婆！你幹麼說那些詩是你寫的！」

「我要是不雞婆，你早就被醜暴徒阿醜殺死了！」小嗝嗝說。他越來越擔心魚腳司的精神狀況了。

「**哈**！那才不是真正的原因。你是不是覺得我配不上公主？」魚腳司哭號。

小嗝嗝張嘴要反駁，魚腳司卻接著說：「你覺得你是『貴族』，所以你跟公主很配，對不對？反正敝人我就是個無名小卒嘛。我就是個無父無母的孤兒，別人在海港撿到我，也不知道我是從哪裡來的——我這個無名小卒怎麼可能跟美麗的鬧脾氣公主在一起，對不對？你是不是覺得我很可笑？」

騎龍飛在空中的男孩們還真覺得他很可笑，鼻涕粗笑得前仰後合，差點從龍背上摔下來。

「呃，」打嗝戈伯說。「小嗝嗝，你還是送魚腳司回家，叫他

躺下來休息一下好了。把他的龍也帶去吧。」

其他人繼續練習騎龍，丟下小嗝嗝自己面對狂戰士魚腳司。

「我才不需要躺下來休息！」魚腳司瘋瘋癲癲地對空氣揮拳。「**我沒事！**」

「你說得對，」小嗝嗝溫和地說。「可是你剛剛撞到頭，現在又進入狂戰士模式，還是休息一下比較好，你等下就會覺得舒服一點了……」

「原來如此！」魚腳司突然停下動作，嘴巴張得老大。「我怎麼以前都沒想過這件事？我知道我是誰了！我是『狂戰士』！」

第八章　魚腳司的父母是誰？

「呃……那是什麼意思？」小嗝嗝問道。

「意思是，」魚腳司興奮地回答。「在我還是小嬰兒的時候，有人在海港找到我，那時我就是裝在這個龍蝦陷阱裡！」他取下揹在背上的籃子，拿給小嗝嗝看。

「這不是你的背包嗎？」小嗝嗝說。

「是我把它改造成背包的，」魚腳司解釋道。他眼裡仍然閃爍著瘋狂的亮光，臉頰依舊是鮮紅色。「因為龍蝦陷阱我也用不上。我還是小嬰兒的時候，有人找到我——那時候我就在**這個龍蝦陷阱裡**。我躺在陷阱裡漂到海港，有人把我撈出來，所以我應該是從狂戰島一路漂到博克島的！」

「這是有可能沒錯，」小嗝嗝邊想邊說。「可是我們不知道是誰把你丟到海裡，而且你雖然有狂戰士『傾向』，卻沒有像真正的狂戰士一樣瘋瘋癲癲的，也不會對著月亮號叫……」

可是魚腳司沒在聽，他站在那邊大吼大叫，看起來真的很像狂戰部族的成員。「我知道接下來該怎麼做了！命運在為我指引方向！在這次的冒險中，我終於可以當英雄了……我**現在**就要去狂戰

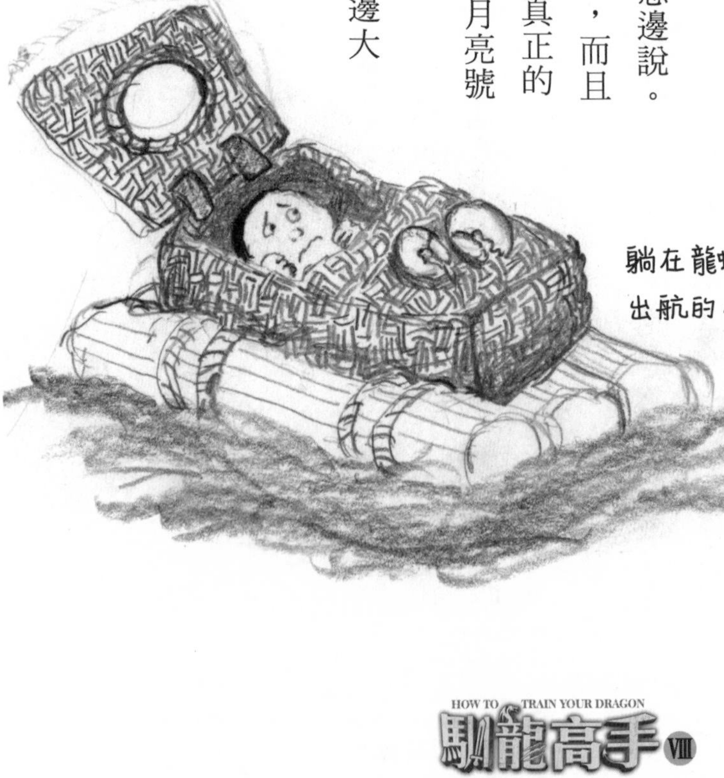

躺在龍蝦陷阱裡
出航的小魚腳司

島，而且我要**自己一個人**去，再用這個龍蝦陷阱裝五罐蜂蜜回來。這樣別人就不用冒險，我也可以抹掉鼻涕粗臉上那個討厭的笑容了——到時候就**沒有人**會笑我了。」

小嗝嗝瞠目結舌地。「可是今晚是滿月耶！狂戰部族要舉行死夜儀式耶！」

「太棒了！」魚腳司積極回應。「我可以加入他們！」

小嗝嗝安撫他：「魚腳司，我覺得戈伯說得有道裡，你還是回家休息一下比較好。」

魚腳司一臉抗拒。「你**不想**讓我自己去當英雄。」

「我當然想啊……」小嗝嗝仍然用溫和的語氣說話。「不要今晚去就好了……」

小嗝嗝送氣急敗壞、瘋瘋癲癲的魚腳司回家，事情似乎就這麼結束了。

和小魚腳司一起被找到的龍蝦鉗（魚腳司把它們當項鍊戴）。

但是過一段時間，小嗝嗝去魚腳司家探望他，卻發現魚腳司消失了。**魚腳司不見了。龍蝦陷阱不見了。水痘龍也不見了。**

魚腳司家門前的石頭下，壓著一張給小嗝嗝的字條。

紙上的字跡潦草而狂野，可見魚腳司是在狂戰士模式寫下這段話的。

「雷神索爾的指甲啊，」小嗝嗝焦慮地原地踱步。「我怎麼可能不跟過去？早知道就不讓他自己待在家裡了！現在該怎麼辦才好？」

小嗝嗝該怎麼辦才好？

小嗝嗝的經驗告訴他，如果他把這件事告訴父親，偉大的史圖依克會覺得魚腳司是個不重要的小人物，不值得全族冒險在滿月侵入狂戰島。

「我只能自己跟著去狂戰島了。」小嗝嗝喃喃自語。

「不行！不行不行不行不行！」沒牙邊說邊降落在小嗝嗝頭上。「壞、壞、壞主意。你都、都、都不聽我的……我們可以回家了嗎？沒牙肚肚痛……」

——魚腳司是不是還在生氣？

親愛的小嗝嗝，

我還是決定自己去狂戰島，因為這**都是我的錯**，而且我要趁這個機會成為英雄，不要一直被別人嘲笑。

如果我被狂戰部族抓住，我可以跟他們說我是他們的親戚，他們應該不會傷害我。

不要跟過來。

我可以自己完成任務。

祝好

魚腳司

P.S. 幫我親無腦狗臭一下。

P.P.S. 我覺得我母親應該是個茶壺。

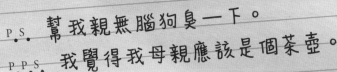

「喔，沒牙，對不起。」小嗝嗝說。「我只是因為魚腳司的事有點分心……」

沒牙為什麼會肚子痛呢？牠試著從小嗝嗝的頭盔飛下來，卻發現肚子黏在頭盔上，牠只能瘋狂拍翅膀，大聲尖叫，沒辦法起飛。

「沒牙，你在做什麼啊？」小嗝嗝問牠。

「沒牙卡、卡、卡住了。」沒牙哀訴。

小嗝嗝拿下頭盔。說來奇怪，沒牙的肚子還真的黏在頭盔上。

「沒牙！」小嗝嗝說。「你早上不是

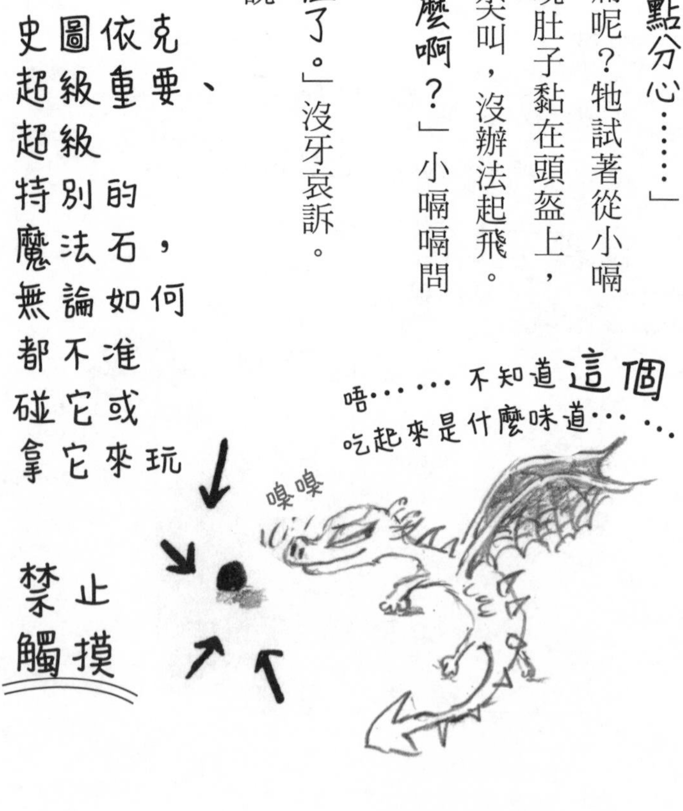

在我父親房間玩嗎？你該不會是把我父親的魔法石『吞下去』了吧？」（註8）

小嗝嗝小心翼翼地將小龍從頭盔上「拔」下來，把牠抱在懷裡。

「想說吃吃看，沒牙說不定會有魔、魔、魔法……」沒牙小聲哭訴，大眼裡盈滿淚水。「現在沒牙感、感、感覺很不好！」

「唉，沒牙……」小嗝嗝嘆氣。「湯匙你也吃……魔法石你也

註8　史圖依克之前去北方探險時，帶了一顆奇怪的黑石頭回來，這顆石頭好像有魔力，金屬都會被它吸引。毛流氓們不知道它有沒有害，所以禁止觸摸。我們現在知道，那顆石頭應該是磁石。

吃……別人叫你不要做什麼事，你為什麼偏偏要去做？」

小嗝嗝急著去追魚腳司，沒空帶沒牙回家，只好把背上籃子裡收集蜂蜜用的罐子拿出來，在魚腳司家門口排成一排。他拔了一些石楠鋪在籃子底部，幫沒牙打造一個舒適的小窩。小龍哀鳴著爬進籃子，身體蜷縮成一團，馬上就睡著了。

小嗝嗝背起籃子，爬上風行龍的背，飛往狂戰島的方向。

「沒、沒、沒牙**沒有**進父親的房間……沒牙**沒、沒、沒有**玩奇怪的魔法石……沒牙**沒、沒、沒有**想吃吃看是什麼味道……沒牙那時候在別的地方……」

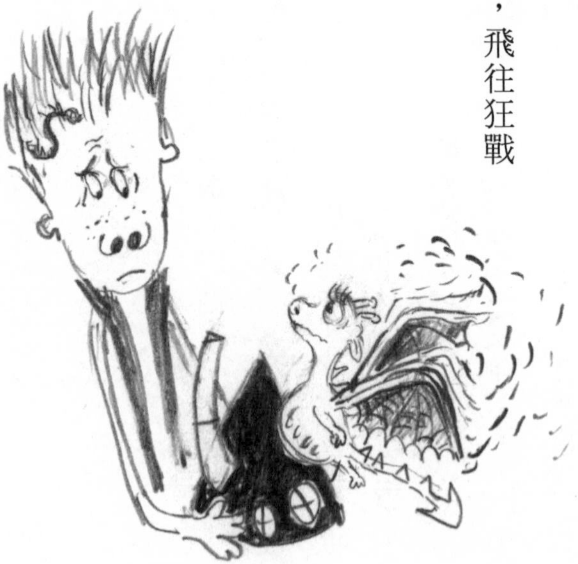

毒刺龍

統計資料

顏色：森林綠

武器：能讓獵物暫時昏迷的毒箭。

恐怖：……………7

攻擊：……………9

速度：……………8

體型：……………7

叛逆：……………9

毒刺龍會用嘴巴發射小毒箭，小型動物被射中會毒死，大型動物則會短暫昏睡過去。牠們住在蠻荒群島人跡罕見的森林裡，通常會在樹洞裡築巢。

於是，小嗝嗝在月圓之夜的半夜十一點，騎著風行龍飛向咆哮森林。

黑暗時代的森林都十分恐怖。

這不是漂亮的小樹林，而是很大、很可怕的叢林，有些地方人類根本進不去。森林占地極廣，遍布東方大陸，

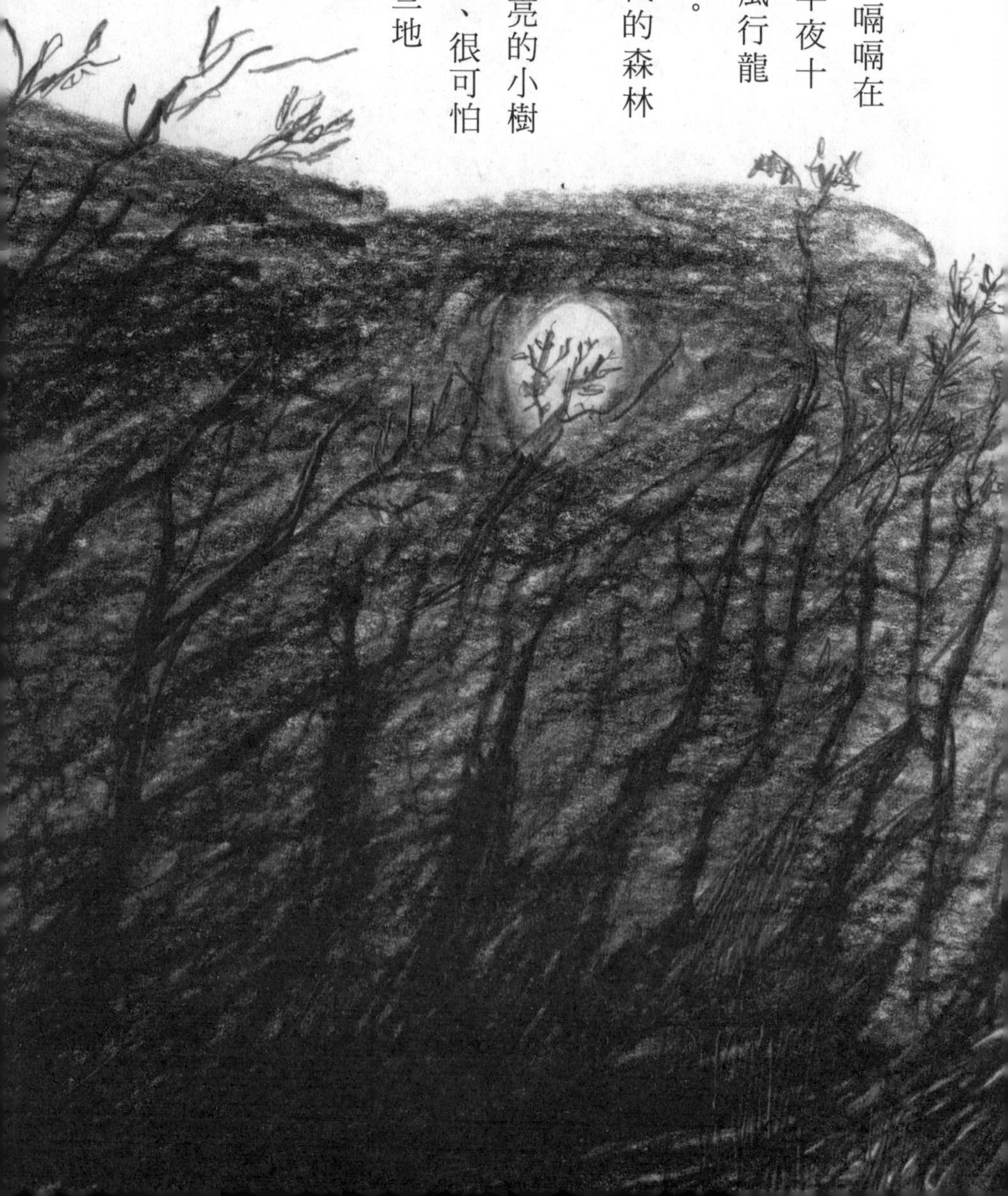

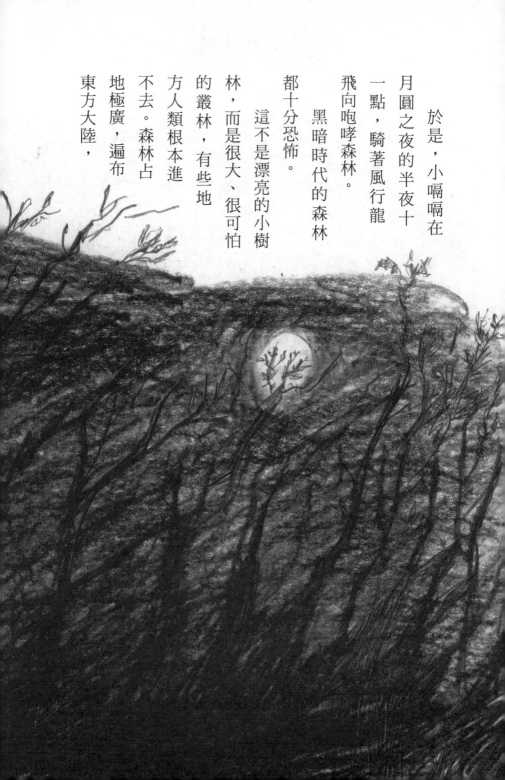

裡頭狼、熊和吃人肉的野人橫行，還有無法以言語形容的可怕龍族，沒有人敢進去。

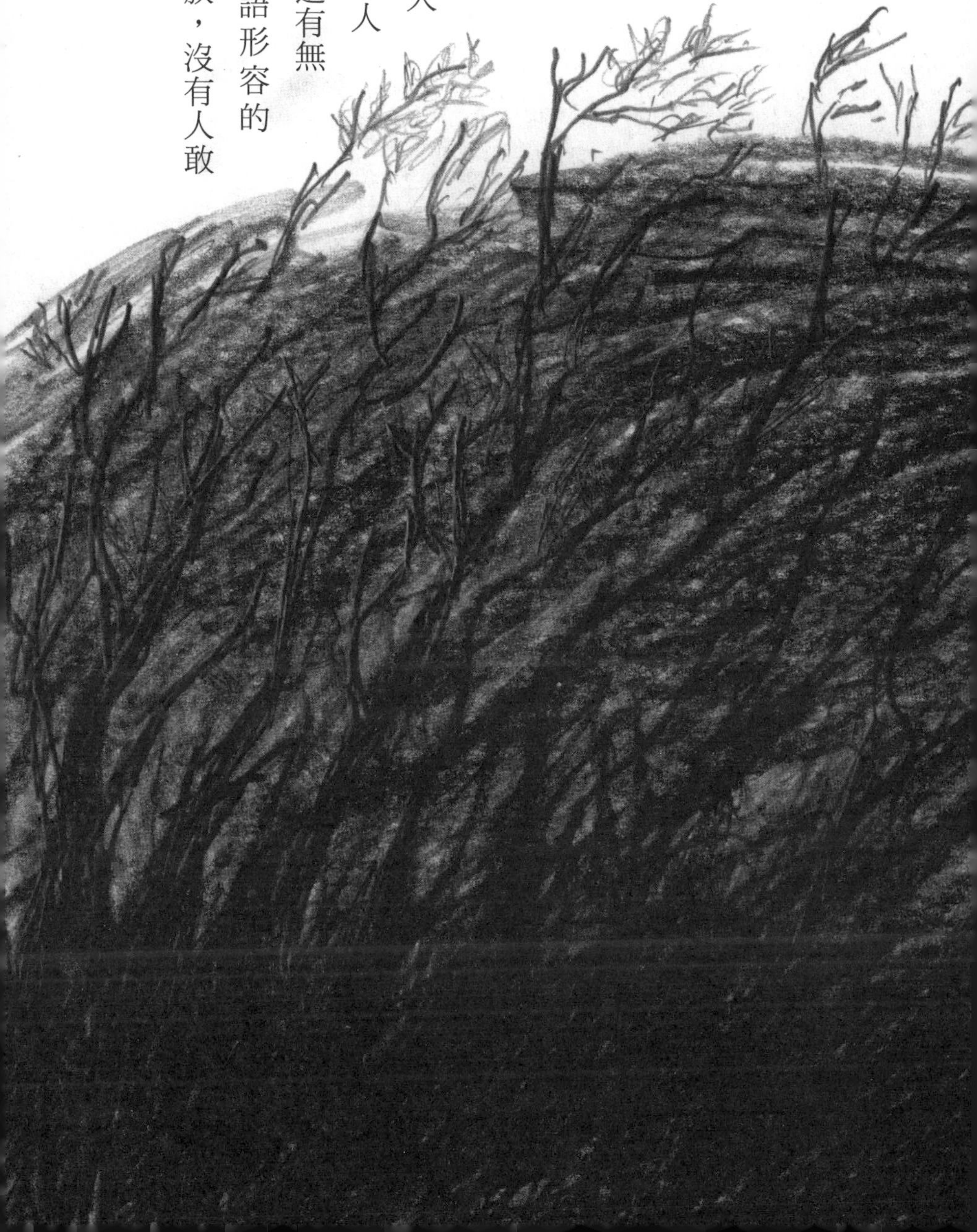

咆哮森林，**正是**這麼一座森林。

小嗝嗝和風行龍飛在樹冠層，這裡非常陰暗，還好風行龍的眼睛能發光，照亮前方的道路，大群大群的蜜蜂在風行龍注視下群聚又散開。每隔一段時間，他們會看到臭龍黑白相間的驚愕臉孔，或是嘴邊沾了蜂蜜、身旁圍繞一群憤怒昆蟲的松鼠蛇龍。

有一次，風行龍險險閃過一頭身長五十英尺的捕蜂龍，大捕蜂龍的嘴巴張得開開的，像巨大無比的姥鯊悠然飛在

樹梢。

小嗝嗝努力不去思考下方黑暗中的深沉聲響是什麼。咆哮森林之所以叫咆哮森林，就是因為那個駭人的聲音。小嗝嗝完全不想知道那個聲音是什麼東西發出來的。

儘管如此，他也知道那東西是「野獸」……

他們繼續穿梭在林間，努力尋找魚腳司。

可是他們沒有找到魚腳司，只看到樹木、樹木，還有更多樹木。

前方出現他們意料之外的東西，小嗝嗝緊急拉扯風行龍的韁繩。

「那是什麼？」小嗝嗝悄聲說。

前方的樹冠層比較稀疏，斑駁

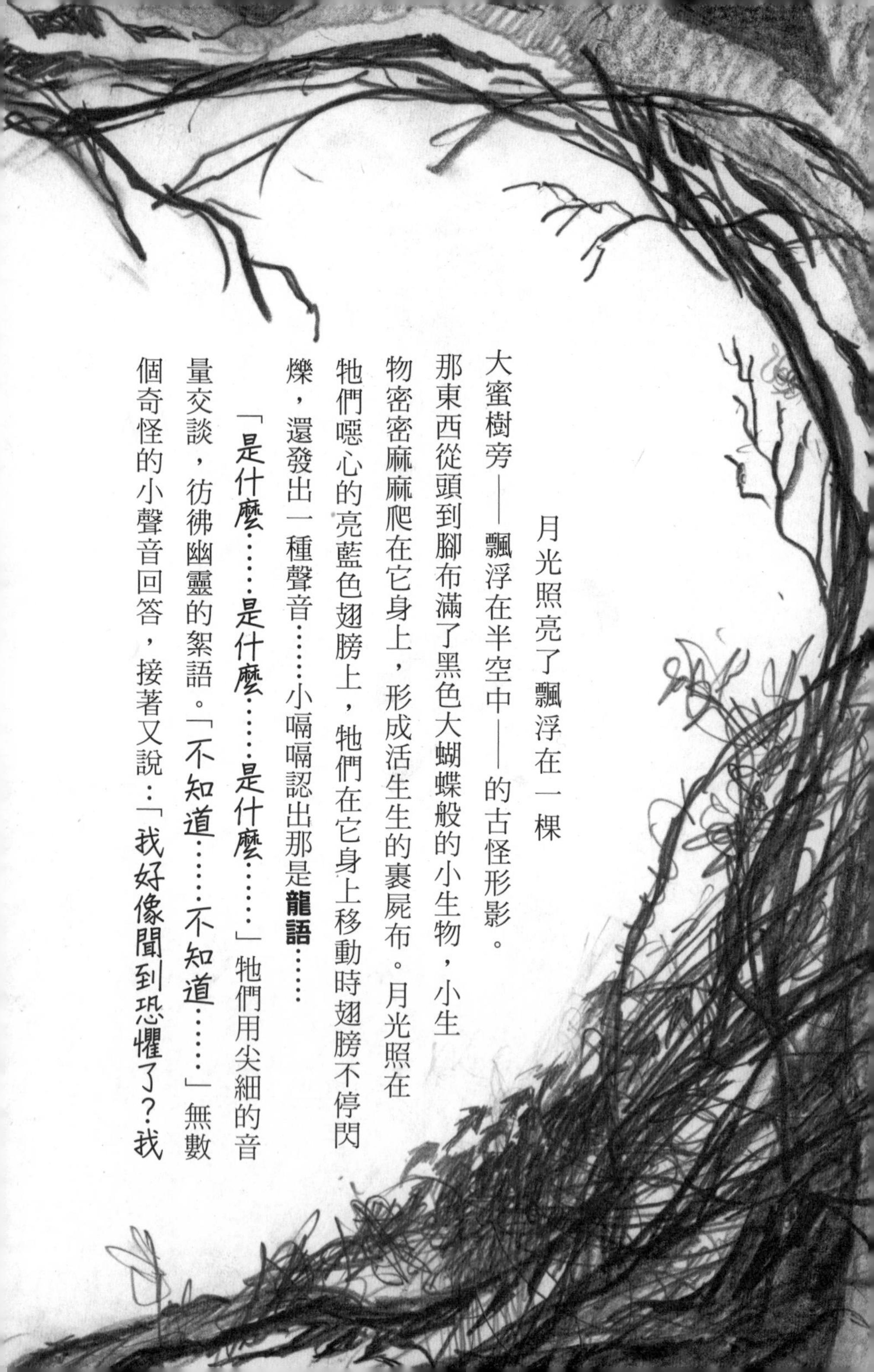

月光照亮了飄浮在一棵大蜜樹旁——飄浮在半空中——的古怪形影。

那東西從頭到腳布滿了黑色大蝴蝶般的小生物，小生物密密麻麻爬在它身上，形成活生生的裹屍布。月光照在牠們噁心的亮藍色翅膀上，牠們在它身上移動時翅膀不停閃爍，還發出一種聲音……小嗝嗝認出那是**龍語**……

「是什麼……是什麼……是什麼……」牠們用尖細的音量交談，彷彿幽靈的絮語。「不知道……不知道……」無數個奇怪的小聲音回答，接著又說：「我好像聞到恐懼了？我

聞到恐懼了。要不要嘗嘗？要不要嘗嘗？」

小嗝嗝駭然發現，小生物形成的毯子下，有兩顆眼睛驚恐地看著他——那個奇形怪狀的影子是魚腳司和水痘龍，他們飛在空中，怕得動彈不得，全身上下爬滿了驚嚇龍。

風行龍嚇得繼續往前飛，小嗝嗝還來不及想到對策，就……

……就感覺到小翅膀從耳邊呼嘯而過，長著老鼠四肢般的小爪子、翅膀不停扇動的毛茸茸小東西，

「啪」一聲落在他後頸。

第九章　驚嚇龍

在這之前，魚腳司其實表現得不錯。

他自己一個人騎著馱龍飛到咆哮森林，在狂戰士模式作用下，他即使飛在漆黑的森林裡也完全不怕。他勇敢地從五棵不同的蜜樹採了五罐蜂蜜，沒有任何一罐摔到下方的地面，他被蜜蜂螫了三次，卻完全不在乎。

然而，就在他把第五罐蜂蜜放進背包、正興奮地準備叫水痘龍飛出森林、心臟高唱著「我是英雄！我是英雄！」之時……

……意外發生了。

天知道到底是什麼，也許是某個奇怪的聲響，也許是遮住月光的一片烏雲，讓四周一片黑暗——無論如何，魚腳司嚇了一大跳，狂戰士模式也忽然解除了。

身處於森林深處的魚腳司，心中油然而生「恐懼」。他感到害怕的瞬間，驚嚇龍來了。

驚嚇龍的眼睛看不見，聽力也不太好。牠們喜歡喝血，特別是因恐懼而充滿腎上腺素的鮮血，當人類或動物害怕時，驚嚇龍可以聞到獵物的氣味，形成名叫「飄顫」的一大群，每飄顫有數萬隻驚嚇龍。

驚嚇龍降落在他們身上的當下，魚腳司和水痘龍動也不動。他們的直覺反應是對的，只要他們靜下心來，驚嚇龍會在他們身上亂爬一陣後，把他們當成不能吃的樹木或別的東西，然後自行飛走。

我的雷神索爾啊……我的雷神索爾啊……該怎麼辦才好？魚腳司心想。

就在這時，他對上小嗝嗝的視線，發現小嗝嗝騎著風行龍飛在離他二十英尺的空中。

無論是何時，魚腳司看到小嗝嗝都會覺得很開心。他現在更是高興得不得了。

小嗝嗝這個人最瞭解龍族習性了。「我該怎麼辦？」魚腳司動了動嘴巴，無聲地問。

「你做得很好，」小嗝嗝用氣聲回答。「不要動……」

小嗝嗝、沒牙和風行龍也停下動作，小嗝嗝感覺到討厭的小驚嚇龍降落在他脖子上、手上、腿上、胸口、臉上，甚至還慢慢從衣領往衣服裡爬。

魚腳司劇烈顫抖，試圖強迫自己保持鎮定，不要有動作。

你要是有被蜘蛛、蝙蝠或一大群蜜蜂在身上爬來爬去的經驗，就知道保持鎮定有多困難。即使停在你手上的是「一隻」黃蜂，即使你知道自己不該動，還是會直覺地把手抽走。

那你想想看，如果有數千隻驚嚇龍在你身上爬上爬下，爬到你臉上，甚至有可能爬進你的鼻孔或耳朵……要保持靜止，很難吧？

想到這裡，魚腳司終於受不了了。老實說，我們也不能怪他。

「啊啊啊啊啊啊咿咿咿咿咿咿咿咿——！」魚腳司放聲尖叫。與此同時，三隻驚嚇龍咬住水痘龍的屁股，水痘龍怎麼可能默默忍受？牠用力一甩尾巴，身體瘋狂一頂，接著像一道肥肥的小水痘龍閃電，在叢林裡橫衝直撞，差點撞到兩棵樹。魚腳司騎在水痘龍背上，瘋狂尖叫著亂揮雙手。

驚嚇龍興奮地拍拍翅膀發出嗡鳴聲，接著聚集成可怕的黑雲，追了上去。

小嗝嗝看魚腳司崩潰，自己也受不了了，他跟著大聲尖叫，風行龍也在空中亂甩身體，失控地追著魚腳司飛去。

我……的……雷……神……索……爾……啊……小嗝嗝驚恐地想。他騎著風行龍在枝椏間迂迴飛行。**這次的行動一定會以「災難」收場，比魚腳司練習時撞樹還要慘**。

小嗝嗝發現，比起在森林裡近乎輕鬆悠哉地飛行，在漆黑的夜色、狂戰島的森林中全速飛行，可是完全不同的一回事。

驚嚇龍！

統計資料

顏色：灰色或黑色。

武器：牠們會「吸血」。不用我多說了吧。

恐怖：…………………9

攻擊：…………………7

速度：…………………7

體型：…………………2

叛逆：…………………9

驚嚇龍是詭異的小吸血動物，喜歡喝充滿腎上腺素的鮮血，會在吸血前把獵物嚇得半死。

他必須窮盡自己的騎龍技術，避開茂密的樹木，還得閃躲興奮地緊追不捨的驚嚇龍群。小嗝嗝仔細一聽，聽到驚嚇龍在黑暗中飛行時，邊用歌唱般的可怕語氣說：「我們要吃——吃——吃了你……」「我們看——看——看到你了……」（嚴格來說，牠們的眼睛看不到任何東西，當然也看不到小嗝嗝，但牠們的呼喚還是很可怕。）

當然，兩個男孩和三隻龍聽了更害怕，腎上腺素的氣味更加濃烈，緊追在後的驚嚇龍聞了更激動，牠們醉酒似地瘋狂拍翅膀，嗡嗡作響，追著小嗝嗝他們時，驚嚇龍群用更加高亢的尖叫聲吵醒更多驚嚇龍。瘋狂的腎上腺素與龍族追逐在月光照耀的夏夜進行，一行人與龍在咆哮森林歇斯底里地拐彎、衝撞。

「小嗝嗝……謝謝你……跟過來……」他們在樹林裡橫衝直撞，撞斷樹枝、衝散松鼠蛇龍群時，魚腳司大喊。

「不……客……氣……」小嗝嗝大聲回應。「我這樣……應該……不算……**雞婆**……吧？」他焦慮地問。話還沒說完，他就差點迎面撞上捕蜂龍。

「當然不算。」魚腳司說。「你在……**好痛**……**幫助我**……我不該亂講話的，那時候我腦袋不清楚……」

然後……

不能……再……這樣……飛……下去……了……小嗝嗝心想。可憐的風行龍翅尖猛然往左偏，擦過一根樹幹，牠載著小嗝嗝子彈般地劃過樹冠層。

小嗝嗝想得沒錯。

他們沒辦法再這樣飛下去了。

伴隨著叫喊、哀鳴與嗡嗡聲，他們經過一隻掛在樹頂沉睡的巨龍，斷枝殘葉撒在巨龍身上，不停尖叫的一行人與龍呼嘯而過。巨龍撐開一邊的眼皮，接著張開另一隻眼睛，慵懶地拍了拍翅膀，加入你追我趕的行列。

小嗝嗝回頭看，發現巨龍展開船帆般的翅膀，越飛越近。

他還來不及尖叫，又有兩頭巨龍出現，發出奇怪的聲響：

咻咻咻咻咻咻咻——叮！

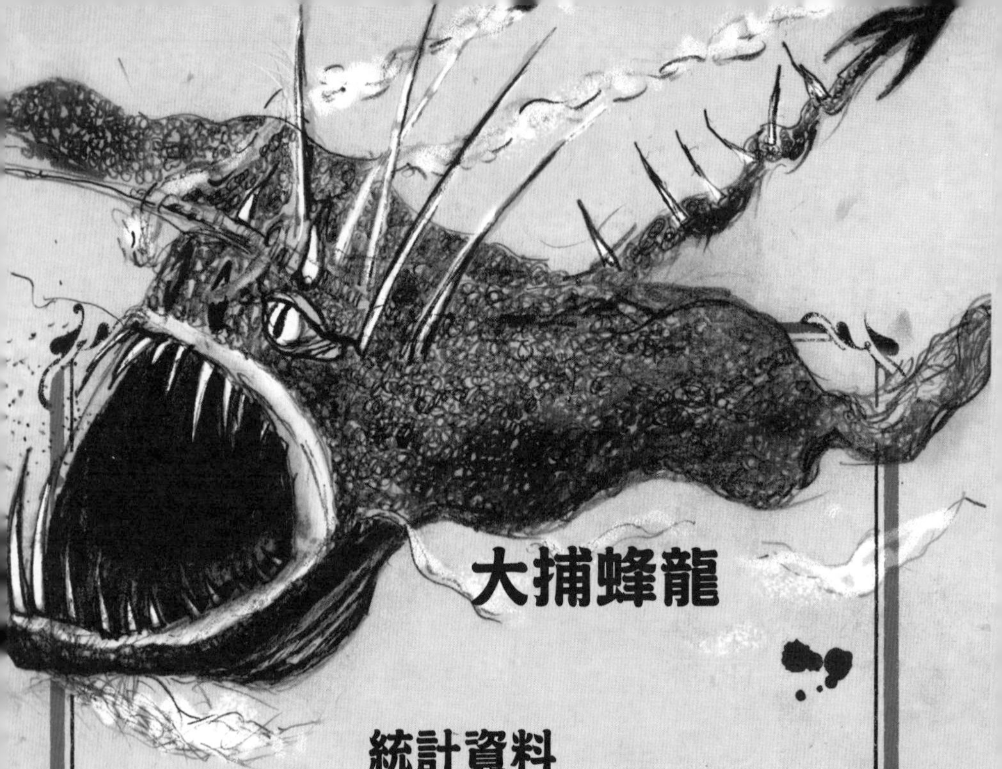

大捕蜂龍

統計資料

顏色：夜晚的顏色，這樣獵物才不會看到牠們。

恐怖：……………………4

攻擊：……………………2

速度：……………………4

體型：……………………8

叛逆：……………………6

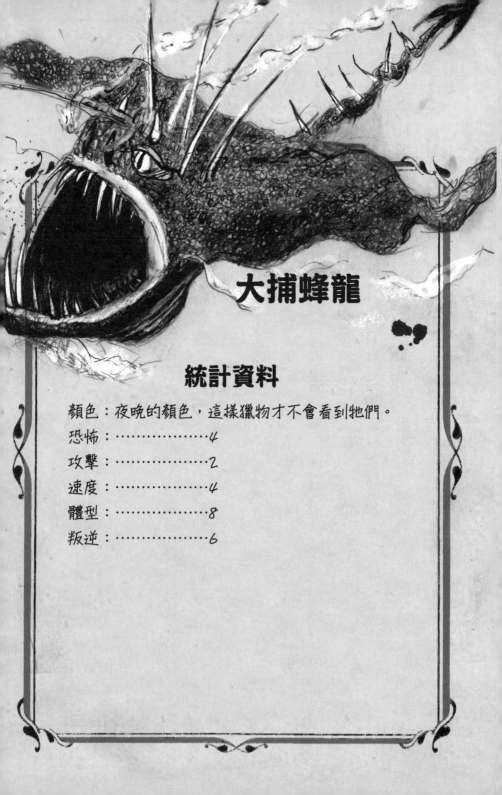

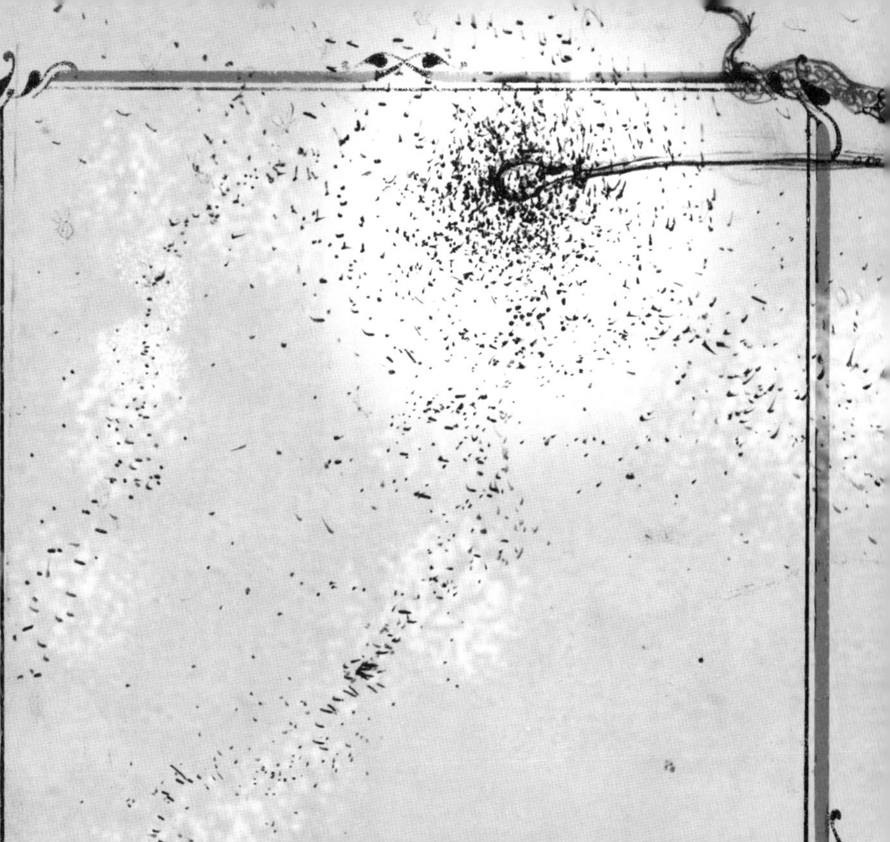

捕蜂龍能長得無比巨大，常張著嘴飛在古老森林裡，鼻頭凸出的構造能發光，吸引蜜蜂和其他昆蟲，這些昆蟲會不知不覺飛進捕蜂龍嘴裡，就這麼被吃掉。

捕蜂龍主要吃素，但如果有動物不小心落到牠們嘴裡、被吞下肚，捕蜂龍也能照常消化掉。

而在小嗝嗝左方，魚腳司大聲尖叫，雙手像風車一樣瘋狂亂揮。魚腳司突然身體一歪，似乎被什麼東西打到，整個人死了一樣地癱在龍鞍上。就在他軟倒在龍背上時，巨龍的漆黑形影俯衝下來，抓住水痘龍和魚腳司，動作簡直像老鷹抓小麻雀。

下一拍心跳，小嗝嗝又聽到一聲：

咻咻咻咻咻咻咻——叮！

小嗝嗝感覺右肩一陣刺痛，那之後，他失去了意識。

小嗝嗝感覺右肩一陣刺痛，隨即失去意識

第十章　有人認得這個龍蝦陷阱嗎？

「喂——喂——喂！裡面有人嗎——？」

有人在敲我的頭盔……小嗝嗝恍恍惚惚地想。**怎麼可能……我一定是在作夢……**

可是那個人一直敲，像是不耐煩地敲著金屬門，頭盔的敲擊聲在小嗝嗝昏睡的腦袋裡迴盪。**等一下，我來了，不要敲那麼大聲嘛**。他心想。小嗝嗝來開門了，他撐開沉重的眼皮……

真的有人在敲他的頭盔。

那個人的臉距離小嗝嗝鼻尖只有兩英寸，嚇了小嗝嗝一跳。對方是人類，臉上刺了暴風雨、船難、樹木、巨人、毒蛇等密密麻麻的刺青，藍色顏料之間

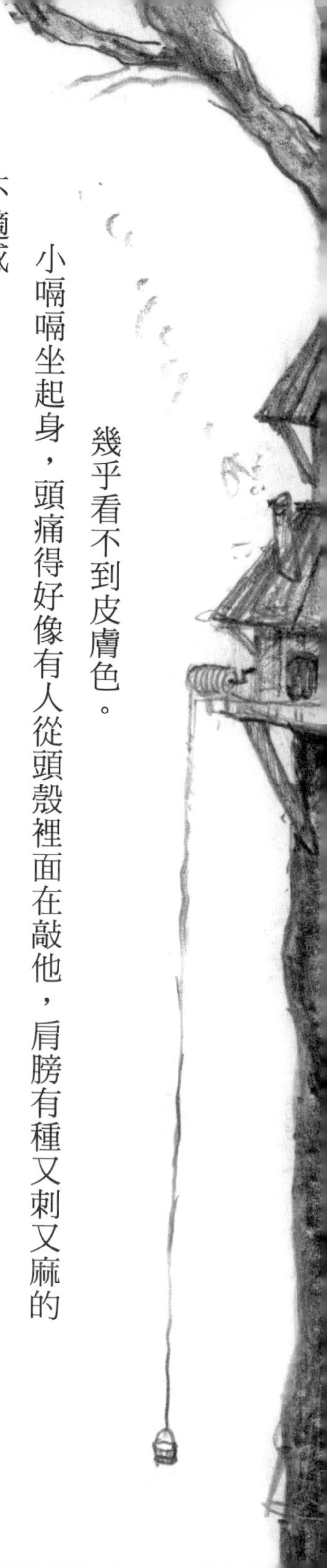

幾乎看不到皮膚色。

小嗝嗝坐起身，頭痛得好像有人從頭殼裡面在敲他，肩膀有種又刺又痲的不適感。

他坐在地上，高大的男人與女人圍著他站成一圈，他們全都身強體壯，每個人都跟剛才敲他頭盔的男人一樣滿身刺青，手腕都戴著鐐銬，腿上還連著大石頭與其他重物的腳鐐。除了那些重物，那些人還佩帶多得驚人的各種武器，有弓箭、長矛和鉛製大劍。

狂戰士。小嗝嗝心想。他想得沒錯。

魚腳司躺在他身旁，正慢慢醒轉。魚腳司同樣被鎖鏈五花大綁，兩個人躺在一大片木平臺上，這裡似乎是狂戰部族樹上村落的中心。風行龍和水痘龍也被鎖鏈捆著，綁在小嗝嗝後方一根樹幹上。

小嗝嗝這輩子第一次看到樹上村落，他發現每一棟狂戰士房屋都有桅杆、

請把書轉成橫的，

見識瘋瘋癲癲、壯觀無比的狂戰族長

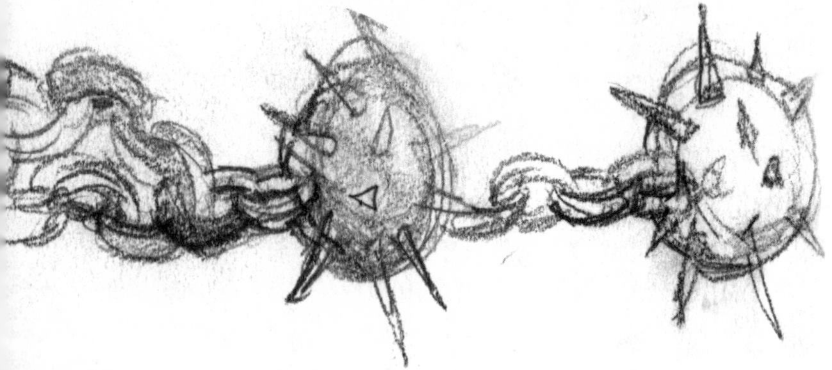

桅上瞭望臺與捲起的船帆。

狂戰士們利用複雜的繩橋在綠色大海般的叢林樹冠層行動，繩橋連結了整座島嶼，形成脆弱的巨網。

兩個男人從最大的樹屋跑出來，輕快地沿著繩橋

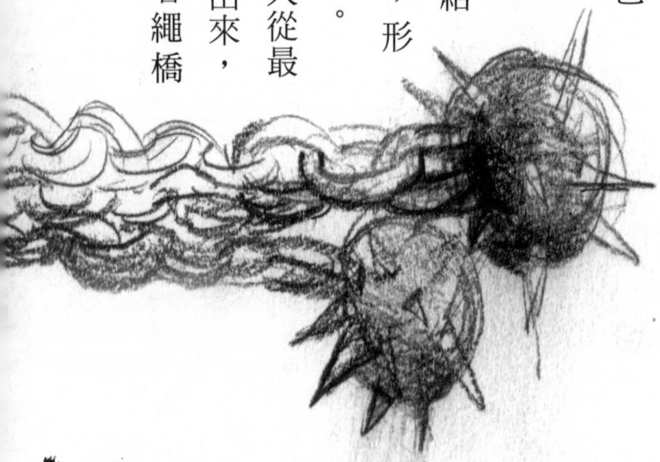

跑來，小嗝嗝看著他們的動作，突然擔心搖搖晃晃的繩橋會斷掉。兩個男人抬著一面大盾牌，又一個大打哈欠的男人端坐在盾牌上，那個人塊頭很大，全身纏滿鎖鏈，彷彿穿著金屬束衣。

男人的手臂被層層鎖鏈捆在胸前，雙腿也在盤腿坐著時被捆住。他緊閉著雙眼，彷彿在對天祈禱，軀幹坐得直挺挺的。

抬盾牌的兩人小心翼翼地把盾牌放在木平臺上，其中一人解開大塊頭男人身上的重重鎖鏈，鎖鏈一條又一條「噹啷噹啷」地落在木橋上。

男人依然閉著眼睛，盤腿端坐，身體靜得如同雕像。過了片刻，他才很慢、很慢地舒展雙腿，腿上雖然還纏著很多鏈條，但至少沒有綑在一起了。

在群眾的驚呼與喝采聲中，男人站了起來，雙腳穩穩踩在地上。他很慢、很慢地舉起雙拳，鎖鏈從手臂垂下，宛如大鳥或龍族的翅膀。

「族長萬歲！族長萬歲！族長萬歲！」眾人大吼。

「噢，高貴的『我』啊！」族長高呼。

「噢，高貴的『你』啊！」眾人用尖叫回應他。

噢，「愚蠢」的你們啊。小嗝嗝暗想。他發現這群人的瘋狂程度更甚蠻荒群島大部分的人，心不斷地往下沉。

小嗝嗝聽說狂戰部族為了克制自己的瘋狂，會用鎖鏈把自己捆住，無論是練習鬥劍或日常生活，他們身上都纏著鎖鏈，而在戰鬥時會解下鏈條，進入「狂戰士模式」。（註9）

狂戰族長頭上的枝椏間，有幾隻電蠕龍正無辜地啃葉子。狂戰族長抓起一把電蠕龍，握緊拳頭把牠們高高舉起。

他的身體立刻被電得不停抽搐，又因為他全身上下纏著金屬鏈條，遭受電蠕龍的電擊應該會加倍難受，儘管如此，狂戰族長還是直挺挺站在原地，臉紅得像得了流感的番茄。在族長的身體隨電流抖動、抽搐時，觀眾大聲歡呼：

註9　參加奧林匹克運動會的選手也會做類似的訓練。

「**他狂戰！他狂戰！他瘋了！看他抽搐！**」

唔……小嗝嗝心想。**這對他的心理狀態應該沒有好處吧……**狂戰族長頭盔上的角迸出火花，他的鬍子冒起了冒煙。

「**誰是真男人？**」狂戰族長大吼。他終於放開電蠕龍，把牠們丟向觀眾。

「**你是真男人！**」眾人開心地大叫。

「**我是不是瘋了？**」狂戰族長高喊。

「**你真的瘋了！**」眾人鼓掌歡呼。

「**我是不是很高貴？是不是很了不起？是不是很厲害？壯士們，看看我的劍，你們絕望吧！**」

狂戰族長高舉著劍站在大家面前，鼓起全身的肌肉，接受大家的掌聲。可惜這壯觀的畫面被沒牙搞砸了，沒牙睡眼

惺忪地飛出小嗝嗝的籃子，剛好飛到狂戰族長上方，牠肚子裡的磁石立刻被狂戰族長的劍吸引，肚子整個黏在劍上（幸好牠是黏在劍刃的平面上，而不是劍尖）。

狂戰族長錯愕地眨眼。

你沒事不會看到綠色小龍憑空出現，莫名其妙地黏在你的劍上。狂戰族長抖了抖他的劍，小龍的肚子還是平貼在刃面。族長不肯相信這種怪事會發生在他身上，他用全力甩劍，沒牙尖叫抗議，卻還是黏在劍上。

「牠在搞怪！」狂戰族長怒吼。「**把牠弄掉！**」

小嗝嗝禮貌地踏上前。「呃，瘋子先生，」他說。「請讓我來……」

小嗝嗝把沒牙從劍上拔下來，小龍立刻吸在狂戰族長的頭盔上。

「瘋子先生，我為我家的龍向您致歉。」小嗝嗝把沒牙從頭盔上拔下來，結果沒牙又馬上黏在狂戰族長的胸甲上。「他是……呃……**魔法**龍……」就如小嗝嗝所料，迷信的狂戰士都一臉驚奇。「**哇……**」他們齊聲說。「是**魔法**龍耶……」

小嗝嗝終於把沒牙從胸甲上拉下來，可是小龍又「咚」一聲黏住狂戰族長腳踝上的鐵鏈，小嗝嗝好不容易把牠拉走，小心翼翼地放進背心口袋。

「**閉嘴！**」狂戰族長大吼。「牠最好有魔法啦！這裡只有我一個人有魔力！還有，今晚是月圓之夜，你們沒事把我吵醒做什麼？」

「笨族長大人，我們有更多犧牲品了。」剛才敲小嗝嗝頭盔的狂戰士深深鞠躬，對族長說。「毒刺龍剛把他們送過來。」

離木平臺一小段距離的樹上，四隻巨龍正在吃某個血淋淋的不明物體，動作大得令樹木劇烈搖晃。毒刺龍想必受過狂戰部族的訓練，會幫狂戰士抓「犧牲品」。

「看起來應該是未婚夫。」另一個狂戰士看著魚腳司背包裡的蜂蜜罐說。

「這兩個未婚夫個子還真『小』。」狂戰族長不屑地說。「阿醜不是送信給我們，說這次滿月前不會再有未婚夫過來了嗎？」

「是這樣沒錯，可是他們身上有蜂蜜耶。」敲小嗝嗝頭盔的狂戰士說。

「**你！**」狂戰族長大叫。「紅髮男孩！你真的是鬧脾氣．醜八怪公主的未婚夫嗎？」

「如果我不是呢？」小嗝嗝謹慎地問。

「如果你**不是**鬧脾氣．醜八怪的未婚夫，**也不是**醜暴徒阿醜的政治對手，那你就沒資格成為死夜儀式的犧牲品，我們會把你從橋上丟下去。」狂戰族長一面說，一面指向木平臺下方令人頭暈目眩的深淵。

「既然這樣，那我們絕對是公主的未婚夫。」小嗝嗝堅定地回答。「請問死夜儀式是什麼？」

「就是我們把未婚夫餵給『野獸』吃的儀式。」狂戰族長解釋道。好棒喔。被人從橋上丟下去，也許還痛快一些。

「**阿爾馮斯！**」狂戰族長高喊。

一個罩著斗篷的男人一瘸一拐地沿著繩橋走來，他腰帶上掛著形形色色的烹飪工具……有叉子、木湯匙、刀子、大攪拌器、開山刀，還有屠宰用的斧頭。器具隨著他的動作叮叮咚咚作響，他彷彿金屬做的男人。

「阿爾馮斯是我『有才華卻情緒化的法國廚師』。」狂戰族長得意地告訴小嗝嗝。「我們狂戰士對食物非常講究，才不是外人想像中的野蠻人。」

「那當然了。」小嗝嗝圓滑地說。

廚師跛著腳走來，噹啷、叮咚、噹啷。他棕色的斗篷長到在木地板拖行，斗篷帽垂在面前，像是死神的化身。

「阿爾馮斯，」狂戰族長發問。「你是我的法國大廚，我想問問你的意見。

你覺得我們該不該把這兩個未婚夫餵胖一點，等到下次月圓再把他們餵給野獸吃？他們好像太瘦了，野獸吃了可能會覺得不過癮。」

廚師說話時帶有很濃但不怎麼有說服力的法國腔，語氣充滿笑意。「不不不，」他嘖嘖兩聲。「只要加一些香草，再加一些香料，他們就會變得跟其他未婚夫一樣美味，說不定還更——好吃呢。我們法國人常說：『越小的東西越甜美。』我總覺得這兩個小傢伙會非——常甜美。」

他的聲音異常耳熟。

小嗝嗝試著看清斗篷帽下的臉，但布料垂得很低，他什麼都看不到。

「你的口音很假耶。」小嗝嗝狐疑地盯著廚師，用流利的法語對他說話。小嗝嗝很有語言天分。

「和我的廚藝相比，我的口音一點也不差。」帽下的男人用不太流利的法語回答，還諷刺地對小嗝嗝鞠躬。

「阿爾馮斯，謝謝你的意見。」狂戰族長說完，神氣地揮了揮手示意他退下。「**好喔！**把最新的這兩個未婚夫捆住、放進籠子裡，大家就回去睡覺吧。再過四個小時就到死夜儀式的時刻了，我們得先好好休息，晚點才有力氣號叫。」

過去幾分鐘，魚腳司一直叫自己鼓起勇氣說話。「呃……不好意思……」他說。

狂戰族長驚訝地揚起眉毛，轉頭看他。「你不要跟我說你有什麼不參加死夜儀式的好藉口，」他說。「你們未婚夫的藉口，我聽都聽膩了。什麼『我的痘痘有毒』、『我要去看牙醫』、『我母親寫了字條，說我今天不能被抓去餵野獸』……什麼樣的說法我都

聽過了……那你有什麼藉口?」

魚腳司抬頭挺胸站起來，勇敢地說：「我們不是野獸的晚餐，也『不能』當野獸的晚餐。因為我……」他用力吞一口口水，指著自己胸口說：「……**我本人**……是個狂戰士。」

魚腳司的音量稍微低了些，但他還是把話清清楚楚地說了出來。

魚腳司傲然站在月光下，身旁圍著一圈呆若木雞的狂戰士。

有才華卻情緒化的法國廚師阿爾馮斯，聲音異常「耳熟」……

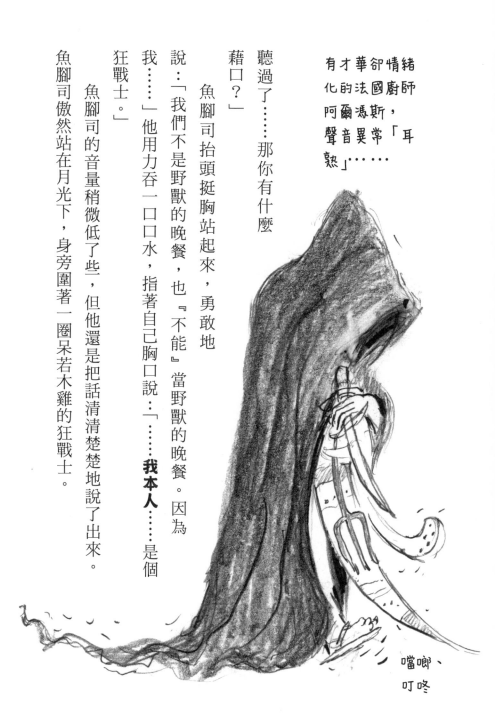

我本人是個狂戰士。

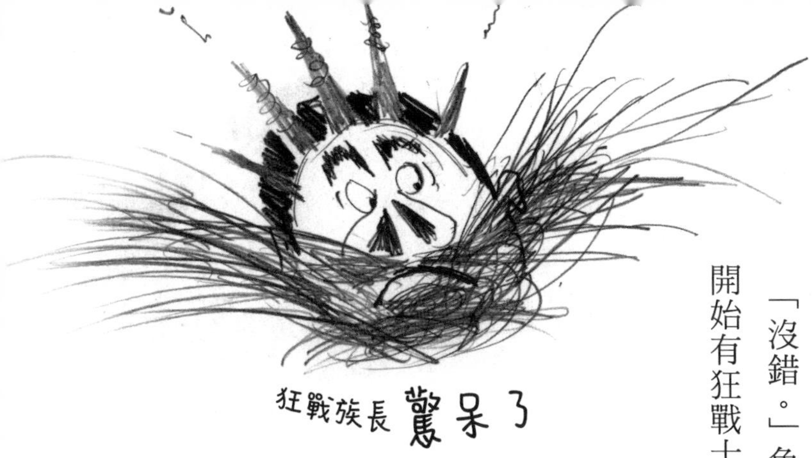

「**你**……是狂戰士？」狂戰族長粗壯的手指指向魚腳司，喃喃重複道。

「沒錯。」魚腳司說。「我是被毛流氓部族養大的狂戰士，我在一年前開始有狂戰士傾向，最近才發現自己的真實身分，不然我早就回來了。十三年前，我還是個小嬰兒時，我被人放在這個龍蝦陷阱裡，漂到博克島的海港……」

魚腳司取下肩膀上的龍蝦陷阱，拿給狂戰士們看。

「那又不是龍蝦陷阱，」狂戰族長指出。「那是背包。」

「這是我用龍蝦陷阱**做成的**背包。」魚腳司解釋道。「我想請教各位，有沒有人認得這個龍蝦陷阱？或是……有沒有人記得自己十三年前不小心把『小嬰兒』放進這個龍蝦陷阱，看著它漂往西方……」魚腳司吞了口口水，他發現在這群瞠目結舌的狂戰士面前說明自哈！哈！哈！哈！哈！哈！

己的身世，比想像中困難許多。「對了，」他結結巴巴地說。「考慮到這些複雜的事情……各位能不能不要在可怕的儀式中把我們餵給野獸吃？畢竟……畢竟……畢竟……我是你們的『親人』。」

一片沉默。

拜託，小嗝嗝心想。**拜託拜託，你們要把我們餵給野獸吃都無所謂，但拜託拜託拜託不要笑他。**

沉默繼續延長，然後……

「**親人**？」狂戰族長驚愕不已。「**親人？哈哈哈哈哈哈哈！**」

「**哈哈哈哈哈哈哈！**」狂戰士們跟著哈哈大笑，笑到身上的鎖鏈叮咚響個不停。

拜託
拜託拜託
不要笑他。
拜託拜託
拜託不要
笑他。

哈！哈！哈！哈！哈！哈！哈

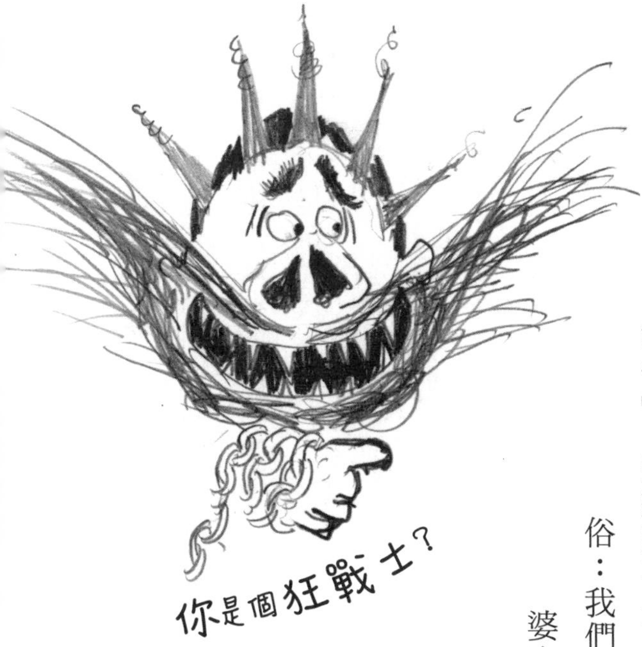

狂戰族長用滿是刺青的手抹掉眼角的淚水。「臉像是被人踩一腳的黑線鱈的男孩啊，」狂戰族長笑著說。「**我們**才不是你的親人呢。你看看你，你的手臂跟海草一樣細細軟軟的！如果十三年前把你放進龍蝦陷阱的是『我們』，那絕對不是『不小心』。我們狂戰部族有個習俗：我們會把剛出生的嬰兒帶去給命名婆婆取名，如果小孩有點病弱、有點奇怪，她就會給小孩取一個適合『弱崽』的名字，而我們會把那個小孩丟在山上，或是放進漂浮物丟到海裡，讓雷神索爾決定他們的命運。」

「喔。」魚腳司說。

「**把怪胎丟掉，部族才不會弱**。」狂戰族長笑吟吟地說。「這是我們狂戰部族的俗話。當然，把你丟掉的也不見得是我們，也可能是蠻荒群島別的部族，因為包括毛流氓部族在內，所有維京部族都有這個習俗。你沒聽過把小孩丟掉的習俗嗎？真是奇怪。」

「我沒聽過。」魚腳司鬱悶地說。「但聽你這麼一說，我想到毛流氓部族也有類似的俗話：**只有強者能留下**。」

「不然這樣好了，」狂戰族長捧著肚子，輕笑著說。「你雖然是弱崽，但你讓我笑得很開心，我還是讓你當未婚夫好了。」

魚腳司站在原地，盯著手裡的龍蝦陷阱。

他把眼鏡往上推。

再次揹起了龍蝦陷阱。

「我……」他非常非常疲倦、非常非常緩慢地說。「我早該知道你們會這麼說，我只是**希望**……」他沒有說完。

「把這邊這兩個男孩綁好！我們回去睡覺吧，我累了！」狂戰族長大聲說。「**還親人咧！**」他搖了搖頭。「我沒聽過這麼棒的藉口。唉呀，這些未婚夫啊，總有一天會害我笑死……嗯，這兩個未婚夫很適合今晚的死夜儀式。加上這兩個人，我們就有**十三個**未婚夫了……還好我這個人不迷信……」

「瘋子先生，我還有一件事想問您，」小嗝嗝開口。「我的沼澤盜賊朋友神楓，她該不會被您關在島上了吧？」

狂戰族長若有所思地看著小嗝嗝。「神楓是愛咬人的金髮小女孩嗎？」

「就是她。」小嗝嗝回答。

「我從來沒聽過這號人物。」狂戰族長說。

未婚夫們被關在村子外圍的許多籠子裡。

小嗝嗝和魚腳司被捆了一層又一層鎖鏈，直到他們看上去像小金屬木乃伊。狂戰士們把他們滾進一排籠子最末的兩個籠子裡，將布滿刺青的手臂舉到頭上伸懶腰，打了個哈欠回去睡覺了。他們必須讓喉嚨充分休息，因為再過四個小時就是死夜儀式的時辰了。

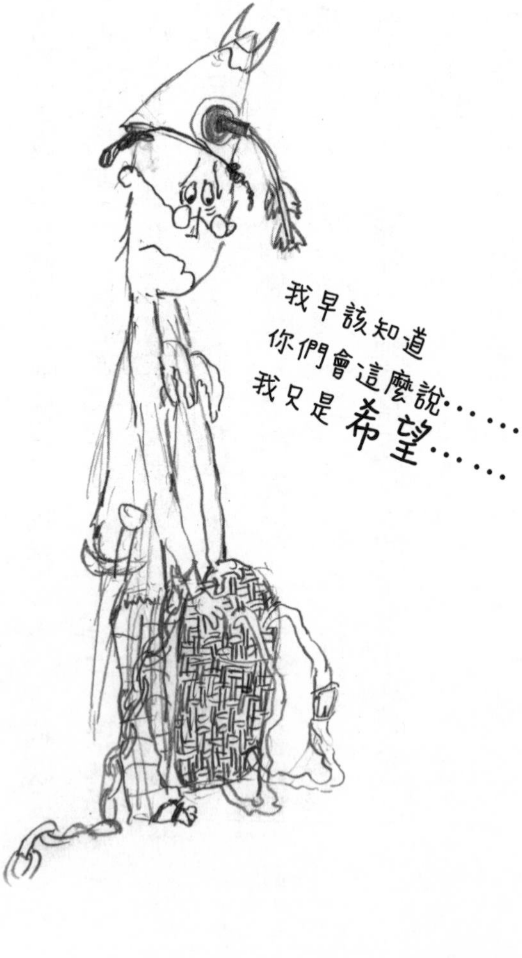

第十一章　上上上個未婚夫

「魚腳司，對不起。」籠子懸掛在森林地表上方高處的黑暗中，小嗝嗝輕聲對魚腳司道歉。

「別這麼說。」魚腳司嘆息，語氣仍因失望而緊繃。「我要是真的跟這些人有血緣關係，也不會覺得高興，就算是以蠻荒群島的標準來看，他們也太瘋狂了。我只是很想當一次英雄，不要每次都是大家的笑柄。能找到我真正的家人也不錯。」

「我們毛流氓就是你的家人。」小嗝嗝小聲告訴他。「在你找到家人之前，我跟沒牙就是你的家人。」

又是一段漫長的沉默。

「小嗝嗝，謝謝你跟著我過來。」靜了半晌後，魚腳司輕聲說。

「不好意思，」隔壁籠子傳來話聲，月光照亮了一個年輕男人的身形，他頭上的頭盔有著迷失部族特殊的雙角。「打擾你們聊天了。我隔壁的隔壁想跟你們說幾句話。」

「小嗝嗝！」隔壁的隔壁的隔壁籠，有人熱情地大喊。**「小嗝嗝．何倫德斯．黑線鱈三世！剛才有很多狂戰士圍著你，我沒認出你來——我們居然會在這裡碰面，真是不可思議！」**

「你是誰？」小嗝嗝小聲問。

他瞇著眼睛，試圖在黑暗中隔著好幾層牢籠看清對方，卻只看到一個人影興奮地跳上跳下。

「是我啊！」那個人大聲回答。「大英雄超自命不凡啊！你不記得我了嗎？還記得熔岩粗人島嗎？好幾千隻滅絕籠，你總不會忘了吧？那火山爆發呢？那

次真的好驚險……」（註10）

一排籠子裡，未婚夫們興奮地出聲。

未婚夫一號：「不會吧！竟然是大英雄超自命不凡！」

未婚夫五號：「能和全蠻荒群島最勇敢、最酷的男人見面，被餵給野獸吃也值了……」

未婚夫八號：「**胡說什麼**！我才是全蠻荒群島最勇敢、最酷的男人，而且超自命不凡好像變瘦了，一個正統的英雄應該擁有大肚子才對……」

未婚夫五號：「你好大的膽子，居然敢侮辱大英雄超自命不凡！還不快拔劍跟我對決！」

未婚夫八號（秒回）：「你要什麼時候在什麼地方決鬥，我樂意奉陪！」

未婚夫五號（咬牙切齒）：「你的臉比狒狒的屁股還醜……」

註10　欲知詳情，請見《馴龍高手V：滅絕龍與火焰石》。

未婚夫八號：「你的嘴臉比染上瘟疫的豬還要噁心……」

未婚夫五號：「**笨蛋！**」

未婚夫八號：「**白痴！**」

未婚夫五號：「**素食者！**」

未婚夫們若不是被關在籠子裡，早就開始鬥劍了，

可是他們都被鎖鏈捆得牢牢的，只能用力衝撞自己的籠子。

「別理他們，」超自命不凡笑著說。「他們一天到晚吵個不停。小嗝嗝，你怎麼會來這裡？」

「我好像是鬧脾氣公主的第十二個未婚夫。那你呢？」小嗝嗝問道。他看到自己的偶像超自命不凡，心情

我同意！

好了許多。「你不是說你再也不會愛上別人了嗎？」

超自命不凡上次執行不可能的任務，被熔岩粗人部族關在鑄劍監牢裡，關了整整十五年，任誰經歷過這十五年痛苦，應該都不會想再談戀愛了。

「但後來我遇到了『她』，」超自命不凡興高采烈地說完，對天上的月亮揮了揮拳，朝星空高喊：「**就不能給我第二次機會嗎？**」

未婚夫一號：「**說得好！**」

未婚夫三號：「**沒錯……**」

未婚夫五號：「**我同意！**」

未婚夫們瘋狂搖晃各自的牢籠。

「**為鬧脾氣公主的愛情而死，是莫大的榮耀！**」超自命不凡直到現在，還是很有英雄氣概。聽到這裡，其他未婚夫的「說得好」和「我同意」變得沒那麼熱切了，他們好像沒想過自己真的會為愛情而「死」。

「可是我們不能死！」超自命不凡高呼。「鬧脾氣公主要是知道我們死了，

沒錯！

說得好！

一定會很難過。我們無論如何都要逃出去。」

「你說得很簡單，但就算發生奇蹟，就算我們真的逃出去了，公主到底該跟誰結婚呢？」小嗝嗝指出。

所有的未婚夫異口同聲：「**我！**」

「她總不能跟你們**所有人**結婚吧。」小嗝嗝說。「等等……超自命不凡，你跟我之間隔了幾個籠子？一、二……**超自命不凡！你就是上上上個未婚夫！恭喜你！**」

「應該是吧。」超自命不凡承認。「謝謝你的祝福，可是上上上個未婚夫是什麼意思？」

「鬧脾氣公主說，她真正愛的是上上上個未婚夫。」小嗝嗝解釋道。

超自命不凡謙虛地咳嗽一聲。「我也猜到她可能有這樣的感情。」他說。

未婚夫一號：「好難過啊。」

未婚夫六號：「你的意思是……我們都要被餵給野獸吃了，你覺得公主不愛你，讓你很難過？」

未婚夫三號：「嗯，我也覺得這件事很悲哀……我真的花了很多時間寫情詩，寫得超級肉麻的。」

未婚夫四號：「哇，你的情詩是你自己寫的喔？我是去怪異領土找一個老詩人幫我寫的。如果我們活著逃出去，你下次追女生的時候想找他幫忙，我可以給你他的聯絡方式。」

未婚夫三號：「老實說，我最近在想，我以後還要追女生嗎？我是說，『愛情』真的值得我冒險嗎？」

未婚夫二號：「對啊，而且你有沒有看到『岳父大人』？我告訴你，看到他的時候我有點後悔了……我可不想在家族團聚的時候去那裡呢，呵呵……」

所有的未婚夫齊聲說：「說得好！……就是啊！……**我同意！**」

「太棒了！」大英雄超自命不凡大聲說。「這麼一來，我們只要想辦法逃離這地方，大家都能過著幸福快樂的日子了！抱歉，我被綁得有點緊，我一直努力啃鏈條，可是沒什麼效果。」

「鏈條是金屬做的。」小嗝嗝告訴他。

「小嗝嗝，你一定能想到好計畫。」超自命不凡的信心令人感動。「你這個小子腦袋很好。我們時間不多了，大家別吵，讓小嗝嗝安靜思考。」

沒牙在小嗝嗝背心口袋裡呼呼大睡，不時抱著肚子呻吟，要不是現在有太多事情要想，小嗝嗝應該會非常擔心牠的身體狀況。十三個籠子靜了下來，輕輕在樹下搖曳。小嗝嗝想了又想，卻想不到好主意。

小嗝嗝思考的同時，未婚夫們陸續睡著了，只剩魚腳司還醒著。魚腳司的籠子爬滿了驚嚇龍，小嗝嗝幾乎看不到可憐的魚腳司。

「如果我跟其他的未婚夫一樣笨，那該有多好。」魚腳司嘆息著說。「我要是笨一點，就不用一直覺得害怕了。」

未婚夫們無憂無慮地打呼，彷彿在安全舒適的家鄉、青草盎然的山丘上打盹，而不是過兩個小時就要被獻祭給野獸。

這麼說來，好像真的有點不公平。

然而牢籠輕輕搖晃，未婚夫們此起彼落地打呼，狂戰島的蜜蜂嗡嗡嗡地飛來飛去……最終，就連魚腳司和小嗝嗝也睡著了，小嗝嗝的夢裡還充滿了不可能的逃脫計畫。

小嗝嗝才剛睡著，又突然醒了過來，這次是被某個聲音吵醒。漆黑的夜裡，木橋上的腳步聲由遠而近。不對，更準確地說，每一個腳步之後是一聲古怪的碰撞聲……聽起來有點像木製義肢走在地上的聲音……還有鎖鏈在地上拖行的叮咚聲響。

腳步聲……砰……叮咚叮咚……腳步聲……砰……叮咚叮咚……腳步聲……砰……腳步聲……砰……腳步聲……砰……叮咚叮咚。

小嗝嗝努力縮到籠子角落……但他無處可逃。

有東西緩緩伸進籠子……

……是一根可怕的黑色鉤爪。它勾住小嗝嗝的衣領，把他拖到鐵柵前，他看到一顆眼睛、木頭做的鼻子，還有閃亮的邪惡笑容……

那是……

雷神索爾的水泡鬍子還有鯷魚腋窩還有毛茸茸腳趾甲啊！

小嗝嗝沒想到這場冒險能變得更**糟糕**。

但眼前這個人，很可能就是面目可憎的奸險的阿爾文。

第十二章　有才華卻情緒化的法國廚師阿爾馮斯

奸險的阿爾文，是小嗝嗝的死對頭。

小嗝嗝上次和他相遇時，還以為他真的死透了。當時小嗝嗝親眼看到阿爾文被火龍吞下肚，火龍接著跳進火山裡，消失無蹤。地底下不是有很多火焰水嗎？阿爾文怎麼可能逃出來？

話雖如此，小嗝嗝還是認得阿爾文的相貌。

他一隻眼睛用黑色眼罩蓋著，另一隻眼睛閃爍著邪惡的精光。他一條腿強壯有力，另一條腿的膝蓋以下都是象牙白的義肢。月光照在他和紙一樣蒼白的頭上，格外刺眼。

就算你很久沒看到他，也不會忘記他這樣令人印象深刻的長相。阿爾文過去和現在唯一的差別是，過去的他，臉上有個驕傲的大鼻子。

小嗝嗝眼前的這個男人，並沒有鼻子。

他的臉一點也不好看。

他似乎用木頭幫自己做了個鼻子，用漂亮的細繩把它大致綁在臉上，但老實說，在「外貌」這方面，即使你的鼻子有一點點大，血肉做的鼻子還是好過木頭鼻子。

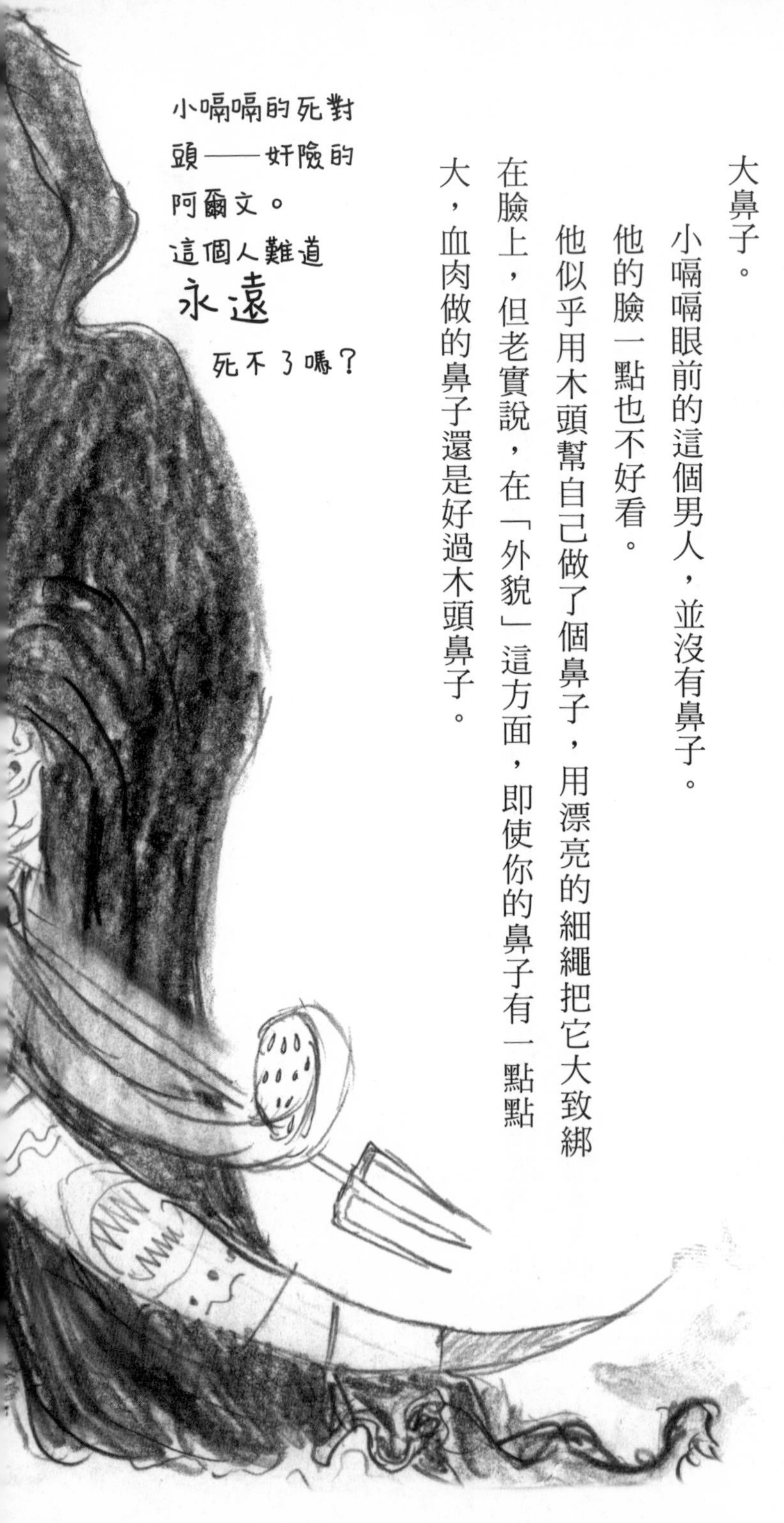
小嗝嗝的死對頭——奸險的阿爾文。
這個人難道
永遠
死不了嗎？

阿爾文從前的鼻子說不上英俊，但它再怎麼高傲，也沒什麼大問題。

木頭鼻子長得實在很恐怖。

「**奸險的阿爾文！**」小嗝嗝驚呼。他和那顆閃爍著邪惡光芒的眼睛只相隔一英寸。**奸險的阿爾文！我「就」知道那個法國廚師怪怪的……還自稱阿爾馮斯呢……**

阿爾文沒有要辯解的意思。

「小嗝嗝・何倫德斯・黑線鱈三世。」他的語氣飽含不懷好意的喜悅。

「你怎麼會在這裡？」小嗝嗝怕得臉色發白，輕聲問道。「你來這裡做什麼？」

阿爾文露齒一笑。「我當然是來**嘲諷你**的。」他說。「這一刻，我想像過好幾次了……你根本不知道我有多麼渴望這一天……你現在應該很想知道我是怎麼逃離火龍和火山的，對不對啊？」

小嗝嗝其實沒在想這件事，他被阿爾文用力掐住脖子，所以他比較想知道自己要怎麼「呼吸」。

「你是不是以為我死了？託你的福，我的確差點死了。」奸險的阿爾文柔聲說。「我的鼻子被高溫熔掉了，但幸好我當時穿著防火衣，身體其他部位都沒事。被火龍吞下肚的時候，」他笑吟吟地說。「我把劍插進我當時騎的滅絕龍胃部，龍胃裡都裝了大量的笑氣……」他一臉狡詐。「滅絕龍在火龍的喉嚨

群島上空……

好險的阿爾文在笑氣泡泡裡，飄在蠻荒

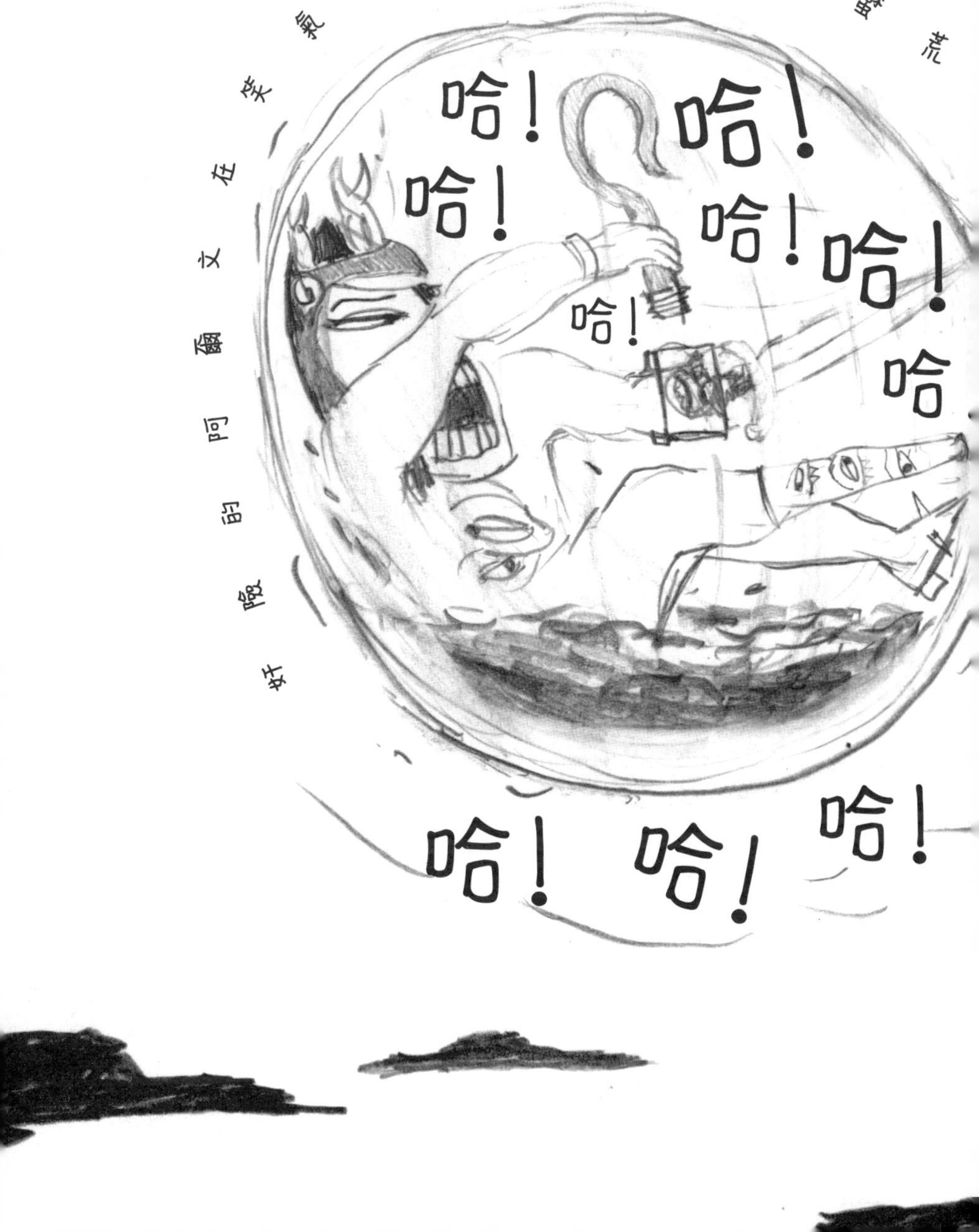

裡爆炸，變成好幾個大氣泡，我就躲在其中一個氣泡裡。」

小嗝嗝嚇得幾乎無法思考。他是不是該大叫，把其他未婚夫吵醒？可是他們也都被鎖鏈捆住，困在各自的籠子裡，不可能幫上忙。

「火龍大笑的時候，笑氣泡泡硬是從牠的鼻孔冒出來，在熔岩裡不停往上飄，接著飄出火山、飄到蠻荒群島上空。我在噁心的泡泡與膝蓋那麼深的滅絕龍胃液裡，跌跌撞撞地走了好幾個小時，一直設法讓泡泡破掉，同時因為笑氣而瘋狂大笑……」

「**好噁心……**」小嗝嗝忍不住呻吟。

「的確很噁心。」阿爾文說。「後來，我恰巧飄到狂戰島上空，泡泡被狂戰士的箭刺破。我像石頭一樣從天上掉下去，正好摔在狂戰部族的大廚頭上，把他給撞死了。狂戰族長說他要懲罰我，要把我殺死──」（阿爾文繼續露出牙齒燦笑，但他唯一的眼睛好像一直盯著小嗝嗝，像是隨時會出擊的眼鏡蛇，所以小嗝嗝一直注意鉤爪的動態。）「──我跟他說，我也是廚師。祝他的腳趾變成珊瑚……那個笨蛋居然信了，從那之後我每天都幫他準備三餐。小嗝嗝，這一切都值了……只要能看到這一刻，什麼都值得了……你獨自被關在籠子裡，怕得要命，可怕的死亡正等著你……現在，我要用鉤爪殺了你！」

阿爾文仰頭大笑。

小嗝嗝的心臟急速跳動，宛如困在狐狸爪子下的小鳥兒，他的手也流滿了冷汗，但他強迫自己用平靜、禮貌的語氣說話。

「阿爾文，你真的覺得你自由嗎……」

阿爾文笑到一半突然停下來，閃亮的眼睛轉向小嗝嗝。「你這是什麼意思？」他咬牙切齒。「你毀了我快樂的一刻，要是你說的話沒道理，我就給你好看……」

「**你看看你，**」小嗝嗝說。「你跟我一樣被鎖鏈鎖住了，既然有時間來**幸災樂禍**，何不叫我幫你**逃走**？」

阿爾文停下來思索。

「你逃得出去？」阿爾文不可置信地問。

「那當然，」小嗝嗝盡可能若無其事地回答（嚴格來說，他並沒有逃脫計畫，但小嗝嗝相信自己想得到好辦法）。「你不是也看過我的逃脫術嗎？之前我在陰邪堡那個擠滿了人的競技場，還不是當著大家的面逃了？我覺得這次的情況和上次差不多……」他努力擺出漫不經心的表象。「老實說，和上次比起來，我現在要逃走簡直易如反掌……」

「易如反掌……」阿爾文失神地重複道。（註11）

阿爾文花了好多時間想像這一刻，每一個細節都幻想得一清二楚：小嗝嗝會哭著喊媽媽，向阿爾文哀聲求饒，對他說他是最聰明、最邪惡的人。

沒想到小嗝嗝被關在籠子裡，還能一派輕鬆地提起什麼逃脫計畫……

阿爾文很不高興。

「當然，」阿爾文恢復笑意，對小嗝嗝說。「我也可以移除未知數，現在就把你殺死……」他完好的手伸向劍柄。

「你現在殺我，我就沒辦法幫你逃走了。」小嗝嗝連忙說。「反正等我們逃出去，你再殺我也不遲……」他安撫地補充。

阿爾文盯著小嗝嗝，盯了很久、很久，腦袋不停思考。他的鉤爪默默離開籠子。

註11　他一想到小嗝嗝上次成功逃離陰邪堡，心裡就火冒三丈。他這次當然不希望小嗝嗝在最後一刻，從他的鉤爪尖端溜走。

小嗝嗝偷偷鬆了一小口氣。

安全了……**暫時**安全了。

阿爾文克制住自己的脾氣了。

既然小嗝嗝要這麼玩，阿爾文決定奉陪……所以，阿爾文再次開口時，語氣和小嗝嗝一樣禮貌，甚至更加有禮。他綻放迷人的笑容，露出太多牙齒，對小嗝嗝說：

「你說得沒錯，也許用鉤爪殺死你**真的**太痛快了。那麼，請問你的逃脫計畫是什麼？」

「首先，」小嗝嗝說。「你要把我從籠子裡放出去。再來，你要帶我去找神楓，她被關起來了……」

阿爾文愣了愣——看來小嗝嗝猜得沒錯，神楓確實被囚禁在這座島嶼某處。

「最後，我會帶著你們逃出去……可是我現在不能把逃脫方法告訴你，不然你就不需要我了，你說對不對？」

阿爾文微微一笑。「你很聰明嘛。」他說。他把接在手臂上的鉤爪拿掉，裝上握劍用的金屬裝置，再把劍裝回去。他拿出一串鑰匙打開籠子，籠門開啟後小嗝嗝勉強擠出去。小嗝嗝抖了抖腳，甩掉麻癢感，站到阿爾文面前。

暴風寶劍緊緊抵著小嗝嗝胸口。「你敢搞怪，」阿爾文意味深長地說。「我就立刻殺了你。」（註12）

阿爾文把小嗝嗝往前推。

他們出發了。

兩人沿著搖搖晃晃的走道前進，小嗝嗝走在前頭，暴風寶劍的劍尖抵在他肩胛之間。他們經過人造繩橋形成的脆弱蛛網，穿越枝葉糾結的森林。

他們越走越深，森林也變得更寒冷、更寂靜，彷彿森林的心早已死透。

註12　恐怖陰森髑的寶劍目前在阿爾文手裡。

不自然的死寂之中，小嗝嗝和阿爾文的腳步聲格外明顯，阿爾文的象牙質義肢「咚、咚、咚」地敲在地上，在地上拖行的鎖鏈叮噹作響，就連光著腳、顫抖著前行的小嗝嗝，似乎也發出了響亮的腳步聲。小嗝嗝剛才不小心踩到木刺，現在走路一拐一拐的。啪……咚……叮噹叮噹……

啪……咚……叮噹叮噹……

小嗝嗝想到小時候聽過的童話故事，故事裡，有個小孩要被人帶進森林裡殺掉。想到這裡，他不寒而慄。

他感覺到沒牙軟趴趴的身體在背心口袋裡挪動，牠發了燒，熱燙的氣息微弱到小嗝嗝幾乎感覺不到。過去幾個小時，事情發生得實在太快了，小嗝嗝都沒時間關心生病的沒牙，結果沒牙的病情惡化了。小嗝嗝有種不好的預感，總覺得小龍的身體狀況正在急遽走下坡，牠就快死了。

也許，命運就是要小嗝嗝和沒牙一起死在森林中心。

最後，阿爾文在一棵特別大的樹前停下腳步。

「到了。」他說。

小嗝嗝吞了口口水。「這是什麼？」他問道。這次，他雖然很努力控制自己的嗓子，聲音還是抖了一下。

深色的常春藤層層纏繞大樹的樹幹，阿爾文優雅地揮動暴風寶劍，把茂密的藤蔓像窗簾一樣撥開，空心的樹幹上嵌了一扇裝了鐵柵的小門。阿爾文打開門，裡面的地上有一道活板門，阿爾文把活板門往上拉。

「神楓被關在這裡嗎？」小嗝嗝問他。

「沒錯。」阿爾文的笑容不懷好意。「她就在這棵樹裡頭。你不是來救人的大英雄嗎？還不快跳進去。」

暴風寶劍直指小嗝嗝胸口，他別無選擇。

小嗝嗝不情願地慢慢爬進洞裡，來到樹木內部。

洞壁有一條繩梯，小嗝嗝緊抓著繩子掛在那邊。

他才剛進到洞裡，阿爾文就用力把門關上，從鐵柵的縫隙把手伸進去，再次揪住小嗝嗝的上衣，動作和之前小嗝嗝在籠子裡時一模一樣，只不過這次阿爾文不是用鉤爪，而是用手。

「小嗝嗝先生，現在，現在我真的能幸災樂禍了！**從來沒有人**成功逃出這些活生生的監牢，你就等著在黑暗中慢慢死去吧！」

小嗝嗝連忙往下看，阿爾文笑得更開心了。

「對了，」他說。「這不是神楓的牢房。我不知道那下面關的是誰，不過那個人應該還活著，

通常囚犯死了都**很臭**。」

阿爾文開始劈砍繩梯，小嗝嗝邊爬邊摔進樹洞，落在挖空的樹洞底部，身下好像有一層松針。他在最後一刻微微轉身，免得壓到沒牙。

「**復仇的滋味太棒啦！**」小嗝嗝聽到阿爾文最後的叫喊，字句迴盪在黑暗的小空間裡，接著是牢門重重關上、鑰匙在鎖內轉動的聲響。

小嗝嗝躺在伸手不見五指的黑暗中，聽到左側傳來細微的窸窣聲。這裡還有別人。

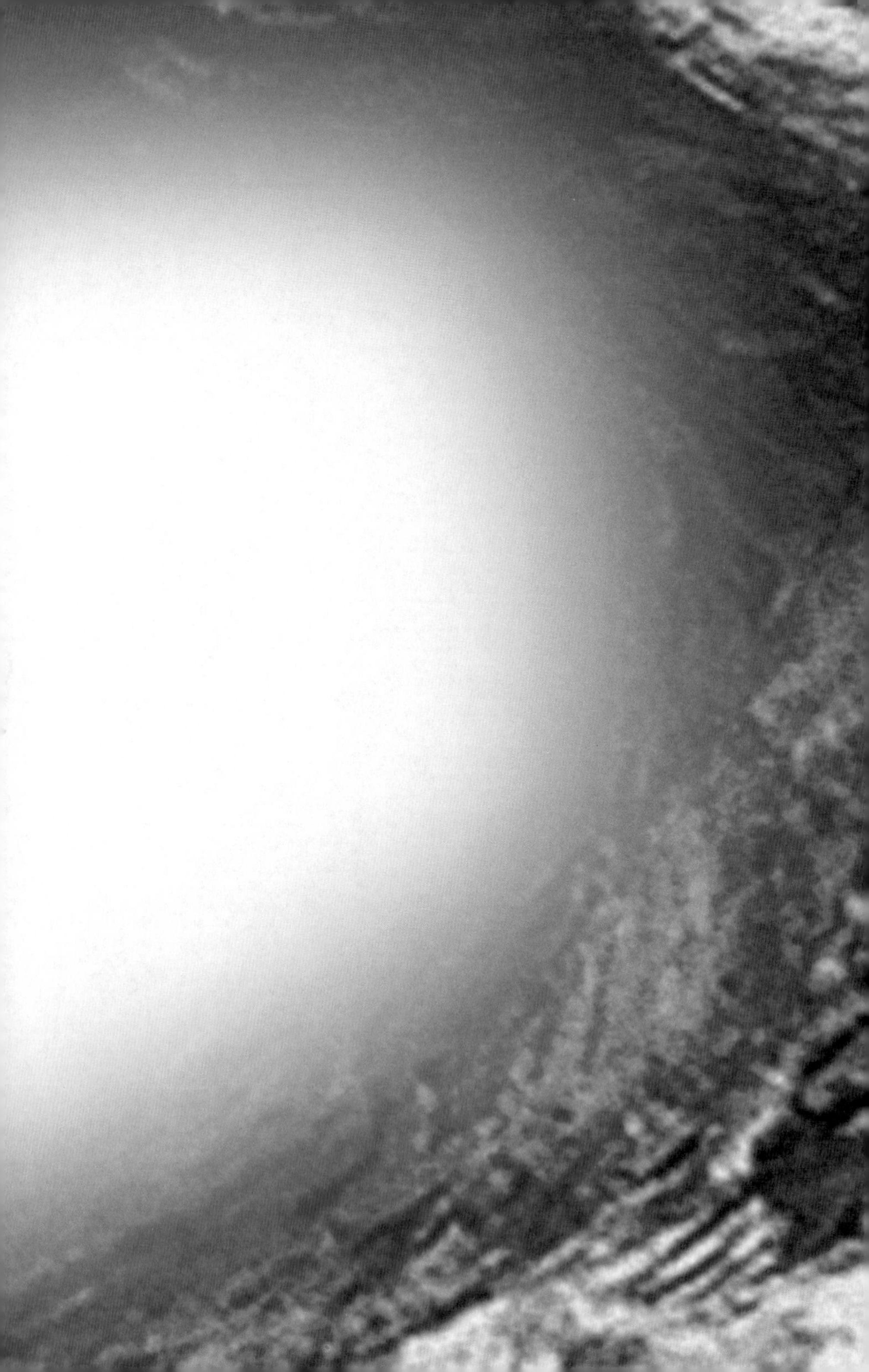

第十三章　黑暗中

窸窣聲再度響起。

小嗝嗝用顫抖著的手指拔出長劍。

劍也在他手裡顫抖。

「**有人在嗎？**」小嗝嗝說。黑暗中，他的聲音聽起來分外響亮。

一片寂靜。

小嗝嗝從未見識過這樣的黑暗，

它濃稠到哽在他喉頭、塞住了他的鼻孔，還像布料一樣摀住了他的耳朵。

接著，憑著一種難以言喻的未知感官，小嗝嗝發覺自己正和某種極度邪惡的存在共處一室。

又是一陣窸窣聲，小嗝嗝嚇壞了，他想像有人靠近他。他瘋狂大叫：

「**我手裡有劍！**」

窸窣聲突然消失了。

黑暗中，有人用蛇一般的嘶聲回應小嗝嗝。

「**我**也有劍……」那個聲音說。

「**我不怕妳！**」小嗝嗝努力大聲說話，給自己壯膽。

「你明明就很怕，」對方厲聲說。「害怕是正確的反應。」

那是蒼老的女聲，說話時帶有冰冷的邪氣。

小嗝嗝顫抖著躺在黑暗中，左手握著劍，右手護著沒牙癱軟的小身體。

「你是誰？」對方嘶聲問。「我怎麼沒看到你過來？」

「妳在黑暗中，」小嗝嗝結結巴巴地說。「怎麼可能看到我過來？」

「我是巫婆。」那個聲音說。

喔喔喔喔喔好棒喔。

「你是誰？」那個人又問一次。

小嗝嗝快速思考，不知道為什麼，他

不想讓巫婆知道他真正的名字。

「我叫魚腳司。」這是小嗝嗝想到的第一個名字。「妳又是誰？」

「我的名字是豚楚德。」巫婆回答。

（小嗝嗝總覺得那也不是她的本名。）

「你怎麼會來這裡？」巫婆問道。

「是阿醜派我過來的。」小嗝嗝回答。

「阿醜平常都親自來找我，而且他都是自己一個人過來，今天怎麼會派你來？」巫婆惡狠狠地問。

沒牙軟趴趴的身體沉沉垂在小嗝嗝手心，小嗝嗝靈機一動：**如果她是巫婆，說不定能幫幫沒牙**。（註13）

「我帶了一隻龍過來，想請妳治好他的病。」他說。

又是短暫的沉寂。

「龍在哪裡？」巫婆嘶聲說。

小嗝嗝把沒牙抱起來，骨瘦如柴的手從黑暗中探出，摸了摸沒牙癱軟、呻吟著的小身體。

註13　當時的「巫婆」或「巫師」都精通草藥學、醫術與魔藥學，在族裡扮演「巫醫」的角色，還會幫人占卜。

「**哈！**」巫婆厲聲說。「阿醜難道以為我有神力嗎？這條龍差不多要死了。」

「妳真的沒辦法把他治好嗎？」小嗝嗝焦急地問。

「阿醜很喜歡這隻龍，他說妳需要什麼工具，他都會找來給妳……」

「藥草、毒藥、針線，」那個聲音憤恨地喃喃自語。「他願意給我這些工具，卻不願意放我自由……我告訴你，阿醜來這裡找我占卜的時候，我都編一些善意的謊言給他聽，要是阿醜知道我幫他編織的未來長什麼模樣……」

小嗝嗝被巫婆殘酷的語氣嚇得瑟瑟發抖，沒有說話。他把沒牙抱在懷裡，摸摸牠的耳朵和龍角，試著讓牠睡得舒服一點。沒牙變得很瘦、很瘦，已經瘦得皮包骨了，肚子卻腫得非常大。

「這隻要死不活的龍是怎麼回事？」巫婆嘀咕完了，又對小嗝嗝問話。

「他吞了一把湯匙，」小嗝嗝說。「還有一顆魔法石……應該還有其他東西。」

「湯匙啊……」巫婆渴望地重複道。

巫婆沒有湯匙。

湯匙不是什麼了不起的寶貝，但巫婆已經花了二十年用「叉子」喝湯，她真的很想很想要一根湯匙。

「好，」巫婆說。「祝阿醜的腳變紫色，跟甘藍菜一樣爛掉！我把龍治好以後，湯匙就歸我，我等湯匙等好幾年好幾年了……這條龍快要死了。」

「妳要怎麼治療他？」小嗝嗝悄聲問。

「我要把牠剖開。」黑暗中，巫婆幸災樂禍地回答。

「他被妳剖開，不就死了嗎？」小嗝嗝急得像熱鍋上的螞蟻。他原本希望巫婆給沒牙吃藥，沒牙就會痊癒。

「死了又怎樣？」巫婆冷笑著說。「反正牠是『阿醜』的龍……」

「阿醜非常非常喜歡這隻龍，」小嗝嗝警告她。「要是他的龍有什麼三長兩短，阿醜會氣炸……」

「別擔心，」巫婆發出刺耳的乾笑聲。「東西拿出來以後，我會再把牠縫好……」

小嗝嗝有聽過這樣的手術，卻從來沒看過。

「可是……可是……可是現在黑漆漆的，妳要怎麼做手術？」他結結巴巴地問。

「我可以在黑暗中縫紉……我可以在黑暗中織布。我可以在黑暗中寫字。如果你在黑暗中待了二十年，自然有辦法把手當眼睛用。」巫婆說。

黑暗中又是一陣窸窣聲，那是人站起身的聲音，那個人好像在東翻西找，還發出磨刀的金屬摩擦聲及穿針引線的緊張與專注感。

「他會不會痛？」小嗝嗝急得心痛不已。

「**軟弱**，」巫婆冷笑著說。「你太軟弱了……你摸摸牠……牠已經感受不到痛苦了……」

可憐的沒牙的確感受不到痛苦了，牠昏迷不醒，小嘴張得老大，背上的角軟趴趴的。小嗝嗝的手指幾乎感覺不到牠胸口起伏。

「軟腳蝦，你要是怕牠痛，我可以給牠睡草……」巫婆說。小嗝嗝聽到她拖著腳步挪過來，在他身旁坐下。她身上有股難聞的味道。

「把牠抓穩，要是出意外就不好了。我這把刀很銳利，」她得意地說。「我喜歡把刀磨得很利，用來把老鼠的內臟挖出來。」

可憐的小嗝嗝並不信任這個巫婆……他也沒理由信任她。可是小嗝嗝沒得選，而且巫婆好像真的很想得到一把湯匙。

小嗝嗝抱緊沒牙，讓巫婆把睡草拿到小龍鼻子下。睡草有種濃濃的苦味，小嗝嗝閉了眼睛泛淚，沒牙則完全不動了。

那實在是神奇的一瞬間。漆黑的牢房裡，巫婆開始動手術。

技術精湛、強而有力又瘦骨嶙峋的手指，還有利刃、針線和飄著怪味的藥草，以及巫婆淡然、陰險卻又十分有智慧的大腦，在黑暗中工作。

小嗝嗝像雕像般動也不動地坐著，身上每條肌肉都焦慮地繃緊。

手術五分鐘就結束了，巫婆低哼一聲，把某個東西交給小嗝嗝，對他說：「用我的斗篷把這個擦乾淨。」小嗝嗝感覺到她把沒牙的胃縫起來。

小嗝嗝的手裡是個奇形怪狀的大型物品，想必是巫婆剛剛從沒牙肚子裡取出來的。

小嗝嗝連忙用巫婆的斗篷擦擦那東西，因為它有點噁心。

難怪沒牙身體不舒服。

小嗝嗝手裡拿著史圖依克的魔法石，沒牙這幾年吃的各種金屬物都黏在上面，有湯匙、叉子、戒指、門閂、鑰匙、幾枚硬幣、瓦爾哈拉瑪的耳環，還有其他被沒牙當成「食物」而貪心地吞下肚的小金屬物品。

這些金屬都以奇怪的角度吸在魔法石上，整體像顆藏在沒牙肚子深處的金屬星星。

「阿醜為什麼這麼重視這條龍呢？」巫婆一邊縫合，邊自言自語。「牠胸口有一道舊疤，位置跟……跟『那個』一樣……」她越說越小聲。「真是奇怪……太奇怪了……位置真的一模一樣……是巧合嗎……可能是巧合吧……可是世界上**沒有**巧合這回事……」

巫婆縫合完畢，滿意地哼了一聲。「我的技術和從前一樣好嘛。」她說。她乾瘦的手指伸向小嗝嗝大腿，把湯匙從魔法石上拔下來。「湯匙是我的了。」她貪婪地說。

然後……「牠不會死了。」

小嗝嗝聽見她退到牢房的一角。

他感覺到懷裡的小身軀微微一動。

沒牙醒了過來，動了動。

「你還活著！」小嗝嗝悄聲說。他把沒牙抱起來枕在自己肩上。「你還活著！」

小嗝嗝感覺到一縷煙霧飄過下巴旁，沒牙虛弱無力地啞聲說：「我、我、**我們在哪裡？**」

「我們在樹洞裡……」小嗝嗝用龍語說到一半，突然停下來。

樹洞內瀰漫著疑惑的死寂。

他幾乎能聽到巫婆的想法：**你是誰？**

小嗝嗝急忙說：「呃，謝謝妳幫我治癒阿醜的龍。我不太想等阿醜的人來接我，我想早點出去，因為……因為……我待會還有事……上面那道門是唯一的出口嗎？」

巫婆說話時，聲音和塵土同樣乾澀。

「我找了二十年，得到的結論是，」她說。「那道門就是唯一的出口，而且它上鎖了。小子，我給你個建議：趕快習慣等待的時光吧。」說完，她的聲音又悄悄沉澱在黑暗中。

小嗝嗝的手自動撫摸沒牙。和一個看不到的巫婆一起困在小牢房裡，令他非常不安。

「妳現在在想什麼？」小嗝嗝問。

「我在想，」巫婆說。「你的名字不是魚腳司。」

天啊，小嗝嗝心想。**天啊天啊天啊天啊**。

小嗝嗝恨不得邊跑邊尖叫：「**快放我出去！**」在這種情況下，和巫婆聊天並不容易。

巫婆可以在黑暗中視物。

但小嗝嗝不行。

小嗝嗝知道巫婆開始懷疑他了，他得想辦法讓巫婆說下去，不讓她去想東想西。巫婆最喜歡鬥智了。

「沒錯。」小嗝嗝說。「我也在想，妳的名字不是豚楚德。」

巫婆發出沙啞的乾笑聲。「沒錯。」她說。「那我又是誰呢？不是魚腳司的小子啊，這樣好了，既然你這麼聰明，我時間又這麼多，不如來場交易吧。我們來鬥智：我跟你說一個故事，故事說完的時候，我們各有『一次機會』猜對方的身分，猜贏的人可以把另外一個人殺掉。」

「好喔……」小嗝嗝說。「那要是我不想跟妳鬥智呢？」

「我還是會殺了你。」巫婆說（小嗝嗝就知道她會這麼說）。

「那我接受這場交易。」小嗝嗝說。

「我就知道你會接受。」巫婆的語氣十分苦澀。「我要說給你聽的這個故事，是阿醜把我關在這裡的原因。」

「阿醜把妳關在這裡，是因為妳說故事

給他聽？」小嗝嗝驚訝地問。他努力邊聽老巫婆說話邊思考要怎麼脫身。

「沒錯……」巫婆柔柔地說。她的語音變得酸澀無比，彷彿滴在舌尖的醋。

於是，在狂戰島中心伸手不見五指的樹洞裡……小嗝嗝抱著慢慢復元的沒牙……邊思考著怎麼逃出去，邊聽故事……他就是這麼得知了失落的西荒野王座的祕密。

以下是巫婆講述的故事。

讓醜暴徒阿醜把她關進樹洞，關了二十年的故事。

我不得不說，老巫婆雖然很可怕，說故事的技巧倒是一流。

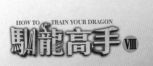

第十四章　失落的西荒野王座

「過去多年來，西荒野國王一直是蠻荒群島的統治者，」黑暗中，巫婆說起故事。「國王一定是蠻荒群島各部族的族長中，最勇敢、最強悍的一位。有很長一段時間，國王一直是毛流氓部族的族長。

「恐怖陰森翳是這些族長的末裔，他是蠻荒群島有史以來最勇猛、最殘酷的海盜，只要是眼睛看得到的地方，全是他的國土。他甚至和大陸的國王戰鬥並獲勝，放逐了那個國王，所以恐怖陰森翳的勢力範圍不僅包括這些島嶼，還包括大陸的許多地方。

「只要不是維京人，都會被恐怖陰森翳抓去當奴隸。他是個成就非凡的海盜，他聚斂的財富無人能敵，小小的博克島已經容不下他的野心。他在數千名奴隸與被鎖鏈束縛的龍族幫助下，在明日島建造了雄偉的城市。

「陰森鬍的生活相當愜意，他生了個和自己長得一模一樣的兒子，惡心，還有一個和惡心長得一模一樣的兒子，叫笑頭。

「陰森鬍是個暴力又快樂的男人，他愉快地搶鄰居的東西，大塊吃肉、大口喝酒，戰鬥時比四面楚歌的熊還要凶暴。除了自己，陰森鬍誰都不愛。

「他的第三個兒子出生了，那是閏年的二月二十九日……

「他是個可愛的小嬰兒，他無聲無息地從母親肚子裡生出來，一出生就睜著藍色大眼睛，滿臉興奮與驚喜，他還有一頭明亮的金髮。即使才剛出生，他也好像很期待各種冒險似地東張西望，看到什麼都很興奮。

「那個孩子並不知道，命運並不打算讓他享受生命的快樂。他個子太小了，是弱崽。」

小嗝嗝已經忘了自己不想聽故事，他聽到這裡，忍不住氣呼呼地插嘴：

「**弱崽**？妳這是什麼意思？」

「弱崽就是**弱崽**。」巫婆憤懣地回答。「他家人把他帶去給命名婆婆看，希望她能給孩子取名叫『胖腿』或『龍心』這種有維京人氣概的名字，可是命名婆婆立刻看到孩子可憐的父母看不到的事實，所以為孩子取名叫『小嗝嗝』。」

「為什麼要取名叫『小嗝嗝』？」小嗝嗝努力裝出若無其事、只是有點好奇的樣子。他有種糟糕的預感，總覺得巫婆已經不曉得用什麼方法猜到他的身分了，不然她為什麼要說起小嗝嗝的部族和小嗝嗝的祖先？

「因為毛流氓部族的『弱崽』都叫這個名字，」巫婆不耐煩地說。「打嗝有『意外』的意思。命名婆婆給了他弱崽的名字，大家就知道該把他丟掉，因為在毛流氓部族長大成人的『弱崽』會帶來厄運，改變歷史的軌跡。

「以前的小嗝嗝．何倫德斯．黑線鱈一世害父親失去了東方肥沃的農地，毛流氓部族才不得不住在蠻荒群島荒涼的島嶼上。

「現在這個嬰兒就是小嗝嗝．何倫德斯．黑線鱈二世，他可能會和小嗝嗝一世一樣，為家族帶來厄運。」

小嗝嗝的心臟在黑暗中狂跳。他最近才剛發現自己有個神祕的祖先——小嗝嗝・何倫德斯・黑線鱈二世——這位祖先和他一樣是龍語專家。（註14）現在他居然坐在樹洞裡，聽巫婆講這位祖先的故事。

小嗝嗝的頭皮起了雞皮疙瘩。

「陰森鬍是個無情的男人，」巫婆接著說。「他不打算讓兒子像小嗝嗝一世那樣活下去，為家族帶來厄運。雖然把孩子丟掉很可惜，但他已經有惡心和笑頭兩個兒子了。於是，陰森鬍辦了一場非常盛大的命名儀式，把第三個兒子取名為『小嗝嗝・何倫德斯・黑線鱈二世』，再暗中計畫把兒子殺死。根據毛流氓部族的傳統，他應該把兒子丟到山上，可是陰森鬍的妻子——琴希爾達——是個熱情活潑、擅長使戰斧的女人，她可能不會同意這麼做。

註14　小嗝嗝是在《馴龍高手VI：危險龍族指南》發現這件事的。

「有時候，女人就是不理性。

「陰森翳趁太太抱著嬰兒睡著時，親手把嬰兒偷走……他爬上他的馱龍飛到隔壁島，把還在睡覺的親生骨肉丟在山上，讓兒子自生自滅。陰森翳將搖籃放在一小叢石楠下，石楠叢的露水像淚珠一樣，一滴滴落在搖籃裡。之後，陰森翳又爬上他的馱龍，頭也不回地飛走了，因為他本來就不怎麼喜歡嬰兒，而且嬰兒哭的時候很像尖叫的番茄——臭臭的尖叫番茄。說實話，以前陰森翳最喜歡的一隻羅威龍在戰鬥中受傷了，他不得不犧牲他的愛龍，那還比現在難受許多。他在浪濤之上騎龍飛行，朝明日島那座美麗的城市飛去，邊飛邊想今天的晚餐吃什麼。他最喜歡吃豬腳了，希望晚上有豬腳吃。

「琴希爾達不接受陰森翳合情合理的說明，醒來時氣得拿劍攻擊陰森翳，恐怖陰森翳打贏了，但他拒絕殺死琴希爾達。琴希爾達崩潰大哭，哀求丈夫把他丟棄嬰兒的位置告訴她。陰森翳覺得她讓他不自在，真的很討厭，他最討厭不自在的感覺了。陰森翳當然不肯告訴她地點，只叫守衛把她拖走，讓他靜靜享用豬腳。被拖走時，女巫琴希爾達對他下了可怕的詛咒，接著乘船去尋找她失蹤的兒子。那之後很多年，常有人看到她乘著白色的船到處尋找失蹤的嬰兒，後來再也沒有人看到她了，不過據說她的鬼魂還在心碎灣徘徊不去……」

「我的雷神索爾啊……」小嗝嗝說。「我還以為那是別人瞎掰的故事……」

「故事總會有根據，」巫婆說。「過去就像鬼魂，就算我們沒有察覺到它，它還是會影響現在。」

「恐怖陰森鬍沒有受到什麼責難，他鬆了一口氣。

「既然妻子走了，他就可以繼續打架、繼續大吃大喝，也不會有人唸他或對他哭鬧。

「然而，陰森鬍訝異地發現，盜竊、打鬥、吃喝玩樂，都沒有從前那麼有趣了。

「就連啤酒的味道也變了。

「他怎麼想也想不明白。

「他開除了廚師，找了個新廚師來幫他做菜，卻還是無法享受美食。

「啤酒少了啤酒味，豬腳沒有豬腳味，其他戰士的劍鬥術根本比不上神勇的琴希爾達。

「他又多吃了一些豬腳，胖了十磅，還有點鬧肚子。

「他到底怎麼了？

「這，就是詛咒的開端。

「小嬰兒小嗝嗝・何倫德斯・黑線鱈三世天性樂觀，他在搖籃裡開開心心地躺了一陣子，欣賞美麗的夜空，等著別人來接他。過了一段時間，發現沒有人會來接他了，就發出一聲試探性的哭聲。還是沒有人回應他，這下小嬰兒氣得臉色發紅，憤怒地哭了好久，幸好沒有掠食動物聽到他的哭聲。他氣呼呼的小短腿把被子踢開，導致身體冷了，又哭得更大聲。最終，他完全絕望了，滿臉鼻涕眼淚地躺在搖籃裡瑟瑟發抖。他終於知道自己被遺棄，也憑本能明白自己該保持安靜，他只是偶爾輕聲呻吟，飢餓地啃咬自己小小的指節。

「他對冰冷無情的星空踢了踢無力的小短腿。

我們不在乎你……星星告訴他。**你只能自己照顧自己了……**

「嬰兒害怕地嗚咽一聲。

「一張大臉湊到他面前。

「大臉擋住了夜空。

「那張大臉屬於一隻公嚴龍，牠冰冷的黃眼睛宛如大白鯊，臉上的笑容極為嚴肅，說牠沉著臉還比較貼切。

「嚴龍很不高興，而且牠肚子很餓，所以牠張開嘴，露出跟毛流氓長劍一樣長、一樣尖銳的滿口利牙。

「但後來牠改變了心意。

「牠抓住搖籃的把手，帶著它飛上夜空，一直往上飛到山頂的山洞裡。一隻瀕死的母嚴龍趴在洞裡，黃眼睛在黑暗中變得越來越黯淡。牠一下又一下舔拭死產的龍寶寶，牠當然知道寶寶不可能醒來了，卻還是一直舔牠。死掉的龍寶寶身邊，殘破的蛋殼散了一地，看上去格外悲哀。

「高大的公龍小心翼翼地爬進山洞，牠低垂著碩大的頭顱，搖籃懸在牠緊閉的嘴下。

「母龍對牠出擊，瀕死的眼睛再次閃爍憤怒的光芒，牠像條暴怒的眼鏡蛇嘶嘶怒吼，只差幾公分就要傷到公龍的脖子。即使是瀕死的嚴龍也非常危險。

『沒用的蟲子，離我遠一點！』牠說。

「公龍把搖籃放在母龍面前，退到山洞口。

「母龍舉起前爪，準備把搖籃拍開……牠在最後一刻聽到搖籃裡的哭聲，停下了動作。牠使勁抬起無力的頭，往搖籃裡看。『你帶這個給我做什麼？』牠罵道。『人類嬰兒？人類終生在泥濘裡打滾，他們沒有翅膀，卻喜歡殘殺我們綠血龍族，你帶人類小孩來給我做什麼？』牠氣得抬起爪子要殺死嬰兒……這時嬰兒又哭了，母龍再次停下動作。

「牠巨大的爪子不住顫抖，但牠把爪子伸進搖籃，抱起小嬰兒。他的身體很暖。他還活著。

「不停亂扭亂動的嬰兒忘了害怕，他用小小的臉頰磨蹭母龍光滑的胸部，尋找食物。

「母龍低頭看他，眼中充滿難以解讀的神情。

「小嬰兒餓得全身無力，臉上沾滿了淚水，他嬌小柔弱，完全沒有自保的能力。

「母嚴龍用分岔的舌頭舔了舔嬰兒的臉。

「牠輕輕把人類嬰兒放在牠的育兒袋裡，讓他喝乳腺的龍乳。（註15）

「公嚴龍坐在山洞口看牠，動也不動的樣子彷彿被石化了。最後，母龍完全專注於照顧正在喝奶的小嬰兒時，公嚴龍慢慢爬上前，輕輕用爪子抓起死掉

註15　大部分的龍族都不會哺乳，龍寶寶孵化後有點像雛鳥，龍爸爸和龍媽媽會把吃下去的食物吐出來餵牠們。我們由小嗝嗝的回憶錄可見，有些龍演化出類似哺乳動物和有袋類的特質，嚴龍想必就是這樣的龍。

的龍寶寶。母嚴龍假裝沒看到，牠眼裡的光芒變得更亮了。

「公嚴龍讓伴侶靜靜在漆黑的山洞裡照顧嬰兒，自己則從崖上起飛，飛去把自己的孩子埋在沼澤深處。

「這就是小嗝嗝・何倫德斯・黑線鱈二世學會說龍語的由來。」

每一位巫婆都很會說故事，小嗝嗝聽自己祖先的故事聽得入迷，他想也不想地插嘴，都忘了自己在鬥智，他什麼都忘了……

「妳的意思是說……小嗝嗝・何倫德斯・黑線鱈二世學會說龍語，**是、是因為他是嚴龍養大的？**」小嗝嗝・何倫德斯・黑線鱈三世既興奮又不可思議，結結巴巴地問。

「正是如此。」巫婆回答。

「可是……可是……可是……」小嗝嗝又問。「那他又是怎麼學會說諾斯語的？他是怎麼回到自己的人類家庭的？」

巫婆繼續講故事。

「一支毛流氓突襲隊出發往東行，剛好在那座島上紮營，毛流氓戰士在打獵時看到這個野男孩。那時男孩已經七歲了，他像蛇一樣嘶嘶叫，還把手當成翅膀拍來拍去。男孩正在和他的龍弟弟『狂怒』一起狩獵，狂怒也是那對嚴龍收養的孩子，牠是巨無霸海龍，因此雖然只是個嬰兒，卻跟小象差不多大。儘管人龍兄弟體型差異很大，兄弟終究是兄弟，狂怒很仰慕牠的哥哥。毛流氓戰士把男孩和幼龍關進籠子裡，帶回去給陰森鬍，陰森鬍只看了男孩一眼，就猜到他的身分。那頭燦爛的金髮……那雙明亮的藍眼睛……這個男孩是什麼人，陰森鬍十分清楚。

「他當然不能現在就把男孩殺死，那太不吉利了。既然孩子在山上活下來了，就表示諸神不要他死，這是諸神的神蹟。

「所以，無論陰森鬍有什麼想法，他非得把男孩當兒子養不可。」

「那小嗝嗝・何倫德斯・黑線鱈二世是什麼樣的人呢？」小嗝嗝・何倫德斯・黑線鱈三世好奇地問。

「他和小嗝嗝一世一樣，十分煩人。」巫婆回答。「他總是問些稀奇古怪的問題，而且天不怕地不怕，還很厚顏無恥。我不得不說，他小時候雖然是弱崽，長大卻很強壯，他是天生的領導人，不僅很有魅力、很強壯、很英俊，還鬥劍、摔角、辱罵、西洋棋什麼都樣樣第一。」

「喔。」小嗝嗝失望地說。他其實希望小嗝嗝．何倫德斯．黑線鱈二世像「他」一樣。

「人們叫他『龍語專家』，是因為他的龍語比諾斯語還流利。陰森鬍是個不苟言笑的男人……但在失去琴希爾達之後，他發現自己沒有想像中那麼強。他雖然不怎麼情願，依然越來越喜歡這個長得像母親、卻和陰森鬍一樣勇敢威武的男孩。他總是嫉妒男孩對龍族的愛，也禁止男孩說龍語，不過小嗝嗝．何倫德斯．黑線鱈二世當然不管這些規定，他是個野孩子，每次都和父親針鋒相對。只要有機會就溜進圖書館……他三度解放父親的奴隸……當然，到了最後……」

「最後發生了什麼事？」小嗝嗝問道。

「**悲劇**。」黑暗中傳來巫婆得意的細語。「比起同源同宗的人類，更愛龍族的男孩，是不可能有好下場的。小嗝嗝・何倫德斯・黑線鱈二世深信人類不該奴役龍族，於是……那個蠢男孩組織了龍族抗議，是一場由小嗝嗝的龍弟弟——狂怒——主導的和平抗爭。狂怒現在已經長大了，變成很厲害的大龍。

「小嗝嗝知道他不能向陰森鬍求情，因為陰森鬍這個人沒有柔軟的一面，他只對『力量』感興趣，也只有力量能讓他傾聽別人的意見。小嗝嗝希望能召集數以千計的龍族來示威，展示牠們的力量與團結，一起要求人類放牠們自由。那會是場和平的示威遊行，畢竟小嗝嗝・何倫德斯・黑線鱈二世心腸太軟，他不想傷害自己的父親。」巫婆不屑地說。「他還以為自己是『英雄』……

「然而，惡心得知了抗議計畫。他很嫉妒父親給小嗝嗝·何倫德斯·黑線鱈二世的愛，看到陰森翳把價格不菲、能帶來好運的琥珀護身符送給小嗝嗝時，惡心終於受夠了。他偷偷告訴父親小嗝嗝要造反，說小嗝嗝要派龍族大軍來殺父親。」

「他騙人！」小嗝嗝義憤填膺地說。

「是啊，惡心是不是很聰明？」巫婆笑著說。「恐怖陰森翳在和小嗝嗝·何倫德斯·黑線鱈二世下西洋棋時，龍族來了，恐怖陰森翳曾命令軍隊在看到龍族時射箭……就這樣，一場和平的抗爭化作浴血之戰。

「被兒子背叛的恐怖陰森翳簡直怒不可遏，他拔出他的暴風寶劍……當場刺穿了小嗝嗝·何倫德斯·黑線鱈二世。」

「**不！**」小嗝嗝·何倫德斯·黑線鱈三世倒抽一口氣，摀住耳朵。

「就是這樣。」巫婆相當

滿意。

「小嗝嗝・何倫德斯・黑線鱈二世氣若游絲地躺在地上，注視著父親的眼睛。『父親，將死的人不會說謊。』小嗝嗝・何倫德斯・黑線鱈二世說。『雷神索爾也知道，我們常常意見不合，可是我以英雄的榮耀發誓，我從來沒想過要傷害你或你的王位。這些龍族來這裡，不是為了打仗，而是為了和平……』

「龍王狂怒俯衝下來，準備殺死陰森鬍為哥哥報仇，可是小嗝嗝阻止了牠。『狂怒，不要殺他！』他說。『你要答應絕對不會殺他！我不希望父親因我而死！』

「狂怒沒有攻擊。恐怖陰森鬍直視兒子的眼睛，看見了真相，他驚恐地丟棄暴風寶劍，拚命用自己晒黑的大手幫兒子止血。

「可是他的手不夠大，無法按住他在兒子胸口刺出來的傷口。

「時間一分一秒過去，卻無法倒流，即使是偉大的恐怖陰森翳國王也無法倒轉時光。

「這是恐怖陰森翳第二次對兒子下手。

「這次，他成功殺死兒子了。

「小嗝嗝·何倫德斯·黑線鱈二世在父親懷裡死去。

「恐怖陰森翳抱著不再呼吸的兒子，驚駭地對天號叫……

「**太遲了……太遲了……**

「狂怒飛了下來，從陰森翳手裡搶過哥哥的屍體，帶著屍體飛往東方。

「和平的龍族抗爭，變成了血腥戰爭。

「恐怖陰森翳的軍隊不僅受龍族攻擊，還被惡心的人攻擊。惡心和大陸的醜暴徒國王聯手，想趁亂搶奪王位。

「陰森翳雖然悲痛欲絕，仍然是個勇猛的戰士。龍族受領導者狂怒的悲傷影響，士氣受挫，到了傍晚，陰森翳的軍隊勝過龍族、惡心與大陸國王，卻必須承受慘痛的代價。宏偉的城市化為一片火海與斷垣殘壁，數千個人類與龍族戰死沙場。

「陰森翳傷心欲絕，也氣到對西荒野王座下了個詛咒，把它丟到海裡。他親手燒了城市的殘骸，埋了王冠和暴風寶劍，接著他詛咒了所擁有的一切財寶，將金銀珠寶藏到最深、最深的洞穴裡。（註16）

「陰森翳把餘下的族人送回小小的博克島，讓二兒子笑頭統治大幅減弱的

註16　想知道小嗝嗝有沒有找到陰森翳的寶藏嗎？請參閱《馴龍高手II：尖頭龍島與祕寶》。

國家。

「他身為國王最後的作為，就是把叛徒兒子惡心驅逐到流放者部族領地。

「最後，他搭乘無盡冒險號航向西方，那之後就再也沒有人看過他了。

「西荒野王朝就這麼結束了，蠻荒群島再次變回上百個互相爭戰的部族，醜暴徒部族併吞了東方遼闊的土地。從此以後，蠻荒群島各方勢力沒有再變過。」

小嗝嗝．何倫德斯．黑線鱈三世默默流淚。「太悲慘了……」小嗝嗝說。「所以小嗝嗝．何倫德斯．黑線鱈二世真的死了……他沒有在最後一刻醒過來嗎？這個故事好悲哀……」

「這不是故事，」巫婆罵道。「是『歷史』，歷史當然悲哀了。真實生活和童話故事不一樣……但這還不是真正的祕密……」

雖然他們身在叢林深處的樹洞裡，不可能有人聽到他們說話，巫婆還是壓低音量。

「真正的祕密，是個預言。有人預言新王會崛起……新的西荒野國王……這位國王將一統蠻荒群島所有的部族，帶我們再次走上偉大之路……新王將沐浴在榮耀與力量下，統治所有人！」

巫婆笑了。「這個預言，只有『我』知道。阿醜當然不希望新的西荒野國王崛起，新王可能會把多年前被醜暴徒奪走的領土搶回來……」

小嗝嗝用力吞了口口水。

「這是恐怖陰森鬍最後啟航前寫下的預言，第一段是這樣的：

「只有王能坐上王座，
只有我的繼承人能解除詛咒，
他手握我第二好的劍，
脖子戴著護身符……」

巫婆沒有唸完。「剩下的部分，只有我知道。」

小嗝嗝突然覺得非常、非常不舒服。

「你想知道新王是誰嗎？我可以告訴你喔。」巫婆悄聲說。

小嗝嗝更用力吞了口口水。

「是奸險的阿爾文。」黑暗中，巫婆輕聲說。

「**不！**」小嗝嗝說。「**不！不！不！**」

「就是這樣。」巫婆說。「惡心是奸險血脈的第一人，而阿爾文是惡心的直系子嗣。我相信預言所說的新王，就是他。」

小嗝嗝若無其事地問：「那陰森鬍其他的繼承人呢？陰森鬍不是還有二兒子笑頭嗎？預言說不定指的是笑頭的子孫啊。」

巫婆發出噁心的吐口水聲。「怎麼可能是他們……預言說的新王是個『聰明人』，可是笑頭的子孫都是笨蛋……一個個頭腦簡單，四肢發達。根據命運的安排，笑頭的繼承人是個叫『偉大的史圖依克』的無知者。他和愚蠢的葛琳希爾達結婚，生了三個笨得令人安心的小孩。」

「所以，依照命運的安排，史圖依克不該和『瓦爾哈拉瑪』結婚嗎？」小嗝嗝尖聲問。

「你說『白手臂瓦爾哈拉瑪』？」巫婆興奮地問。「不對，瓦爾哈拉瑪從一出生就註定和大英雄超自命不凡結婚……」她的聲音如同鞭子，興奮地在牢房裡劈啪作響。「所以……我猜對了……的確有什麼打亂了命運……是不是有人『干涉』命運？」她問小嗝嗝。「是不是發生了意外？是什麼？是什麼？是什麼？」

她嘶聲問著話，小嗝嗝感覺有一整窩蛇在樹洞裡嘶嘶嘶叫。

「不對不對，」小嗝嗝連忙說。「聽妳這麼一說，偉大的史圖依克好

像**真的**跟愚蠢的葛琳希爾達結婚了……」（註17）

但是為時已晚。

故事已經發揮成效了。

小嗝嗝聽故事聽到忘我，不小心暴露了自己的身分。

「我要猜了！」巫婆欣喜地尖叫。「我要猜了！你——」她的語氣充滿惡意與狂喜。「——你是第三個小嗝嗝……你是『不該誕生的男孩』……你是命運派過來，讓我在黑暗中吞噬的男孩……你，就是**小嗝嗝……何倫德斯……黑線鱈……三世**。」

「對。」小嗝嗝開始發抖。「是這樣沒錯，可是——」

註17　小嗝嗝當然知道瓦爾哈拉瑪沒有和大英雄超自命不凡結婚，而是和小嗝嗝的父親——偉大的史圖依克——結婚了。當時打亂命運的，就是奸險的阿爾文。欲知詳情，請參閱小嗝嗝的第五本回憶錄《馴龍高手V：滅絕龍與火焰石》。

「**我贏了！我贏了！**」巫婆欣喜若狂地大喊。

「**等一下！**」小嗝嗝急忙說。「**我還沒猜妳是誰！**」

「那，」巫婆諷刺地說。「**你**覺得我是誰？」

「**妳，**」小嗝嗝・何倫德斯・黑線鱈三世腦中閃過幾千個人名。「**妳——**」

小嗝嗝說話時，巫婆嘆息著說：「別——讓——我——等——啊。」

「**——妳，**」小嗝嗝・何倫德斯・黑線鱈三世腦中浮現一個名字，他不曉得這個名字是哪裡冒出來的，只知道它清晰映在腦海裡。「**妳……**是阿爾文的母親。」

巫婆憤怒地尖叫。

「我猜對了嗎？」小嗝嗝對周遭的黑暗大叫。**「我猜對了嗎？」**

「猜對了……」巫婆的氣音越來越輕，默默消失。

「那我們怎麼辦？」小嗝嗝大喊。

寂靜。

「喂？」小嗝嗝說。他握住劍柄，試著在恐怖黑暗中辨識周遭的東西。**「那現在怎麼辦？喂？」**

寂靜。冰冷的不安流遍小嗝嗝全身，他知道等著他們的是什麼。

四周是無盡黑暗，黑到小嗝嗝覺得自己瞎了。

兩個人都有資格殺死對方。

巫婆能在黑暗中視物。

「我——在——這——裡……」巫婆歌唱般的聲音傳來。

小嗝嗝猛然轉身。

我的雷神索爾啊。雷神索爾啊。

小嗝嗝撲上去。

巫婆哈哈大笑。

「在——你——背——後……」巫婆的聲音從樹洞另一個角落傳來，小嗝嗝再次轉身，拿劍刺過去，卻只刺到漆黑的空氣。

小嗝嗝氣喘吁吁、滿頭大汗地站在黑暗中，他知道巫婆一定在附近某個地方。

可是她到底在哪裡？

寂靜。

小嗝嗝又轉身刺擊。

沒刺到。

她就在旁邊，她就在旁邊，小嗝嗝能感覺到她……

他能聞到巫婆的氣味，還能感覺到她的存在——小嗝嗝哭著瘋狂揮砍，長劍一次又一次砍在空無一物的黑暗中，他漸漸失控。黑甲蟲般的恐懼在他頭皮上爬竄……而後，他懷裡傳出細微、帶點鼻音和煙味的呼吸聲，沒牙**終於**醒了過來。

從進入樹洞到現在，沒牙一直閉著眼睛。

牠突然睜開雙眼，眼睛的光線照亮了黑暗的牢房……

……照亮了拿劍站在小嗝嗝**正後方**，露出猙獰邪笑，準備一劍砍下去的巫婆。

要是沒牙再晚一秒睜開眼睛，小嗝嗝就死定了。

可是巫婆已經在黑暗中生活了二十年。

沒牙的目光宛如毒藥，亮得她什麼都看不到。

巫婆發出可怕的尖叫聲，她丟下長劍，痛呼一聲摀住眼睛，又揉又抓地試圖遮擋光線。

小嗝嗝害怕地環視樹牢，尋找任何逃脫途徑。

二十年來第一道微弱的光線，從沒牙半睜的雙眼落到一團破布、瓶瓶罐罐、刀子、紡車、被啃過的骨頭，還有各種符文上。

然後，小嗝嗝腳邊的地上，是之前從沒牙肚子取出來的那團金屬物品。

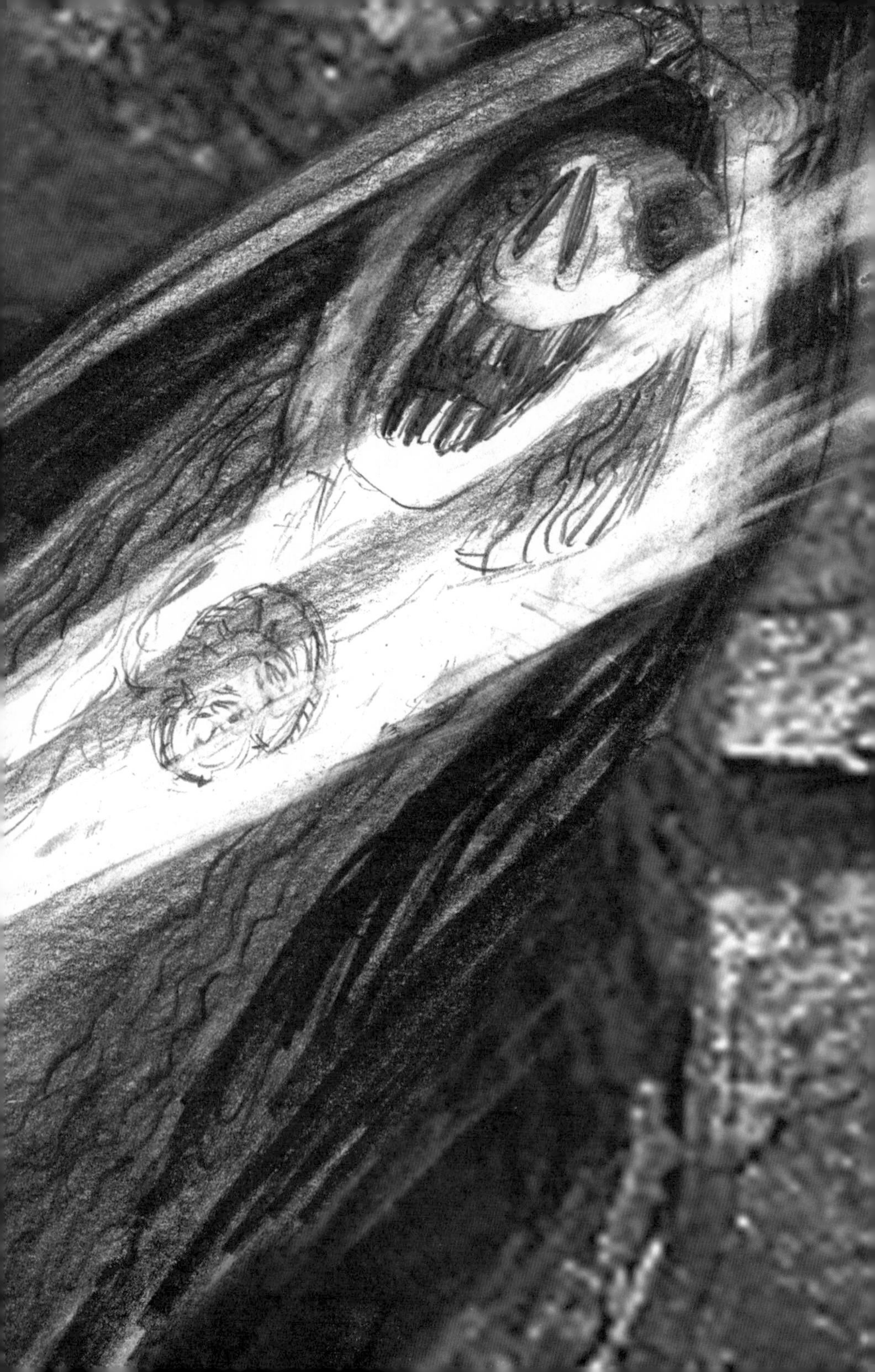

其中一個
物品是
鑰匙。

第十五章　非常感謝歐斯底里部族

就在巫婆哀號著摀住眼睛時，小嗝嗝快如閃電地撿起鑰匙。「沒牙，不要閉眼睛！」他邊喊邊奔向繩梯。

那不知道是開什麼的鑰匙。

它開的也許是史圖依克的武器櫃、龍廄，或是史圖依克床下那個放劍和其他貴重物品的箱子。

但小嗝嗝腦中靈光一閃，想起那把鑰匙的

來歷。

那是沒牙在瘋子諾伯的集會堂吞下肚的鑰匙。(註18)

歐斯底里島的瘋子，是蠻荒群島最瘋狂的夢想家與發明家。

如果我要在狂戰島蓋監獄，小嗝嗝心想。**我會找誰來幫我設計監獄？**

當然是找歐斯底里人。

小嗝嗝抓起鑰匙，手忙腳亂地爬上搖搖晃晃、破破爛爛的繩梯，睡眼惺忪、抽噎著的沒牙緊抓著他的肩膀。看不見的老巫婆高聲哭號，追了過來。

小嗝嗝驚恐得語無倫次，他爬到繩梯頂部，用不停顫抖的手指把鑰匙從魔法石上拔下來。

巫婆離他很近了，她持續高聲怪叫。

小嗝嗝將鑰匙插進鐵柵門內側的鑰匙孔。

註18　請見《馴龍高手IV：渦蛇龍的詛咒》。

瘦骨嶙峋的手指抓住他腳踝。

鑰匙轉動，牢門開了。

滿月的光芒灑在巫婆臉上。

她再次尖叫，照到月光的瞬間整個人像紙一樣軟了下去。小嗝嗝用腳一踢，甩掉抓住他腳踝的老巫婆，把巫婆踢回下方的黑暗洞穴，自己則爬到月光下。他用力摔上鐵門，**砰！哐啷！**就這麼把巫婆……**關在樹洞裡**。

小嗝嗝用身體抵著門，確保它關得緊緊的。他在那裡大口喘氣，將月光下甜美可口的空氣吸到肺裡。

感謝索爾，讚嘆索爾。

小嗝嗝側耳傾聽，沒聽到樹內的任何聲響。

完完全全的寂靜。

巫婆應該死了吧。

阿爾文的母親……

小嗝嗝不太能理解剛才發生的事。

但巫婆的故事說明了一切。

小嗝嗝還記得他外公老阿皺說過，英雄越厲害、越偉大，擺在他前方的障礙物就越多。老阿皺稱之為「憑努力成為英雄」。

當時，小嗝嗝沒有相信他。

但現在，他知道自己是誰了。

他還知道，西荒野國王的預言指的也許是他，毛流氓部族的弱崽——瘦瘦小小的小嗝嗝。

可是一次接收這麼多資訊，他消化不了。

他只想忘記這一切。

既然巫婆死了，全世界就只有他知道預言的真相，他也不打算把事情告訴別人。

小嗝嗝花了一點點時間，讓自己享受打敗巫婆的喜悅。

接著，他想到神楓還被困在這座森林的某處。

該要怎麼樣才能找到神楓？

他的心臟在胸腔用力跳動，提醒他：魚腳司和超自命不凡將在可怕的活人獻祭儀式中，被裝進籃子餵給野獸吃……

沒牙爬到他胸口，打了個大哈欠，露出分岔的小舌頭。牠終於醒來了，而且完全不曉得剛才發生了什麼事。

「喔喔喔，」沒牙愉快地說。「沒牙睡了一覺，感覺好『多』了。」牠滿意地伸了個懶腰。「沒牙『餓了』。所以呢？我、我、我們現在要做什麼？我們要回家睡、睡、睡覺了嗎？」

驚嚇龍開始形成蝴蝶般的灰色飄顫，被小嗝嗝和巫婆打鬥時散發的恐懼氣味吸引過來。「我們知道你很——怕……」牠們用尖細的小聲音唱道。「你瞞——不過我——們……」

沒牙的小臉湊到小嗝嗝面前，眼球幾乎要碰到小嗝嗝的眼球，雙腳輕輕搭在小嗝嗝的臉頰兩側。小嗝嗝還是全身無力地站在樹牢門前。

「我們在哪裡啊？」沒牙好奇地問。「沒牙覺得這裡可能不、不、不適合睡覺。有一點點恐怖耶。」沒牙告訴小嗝嗝。「你有、有、有沒有注意到這裡有點恐怖？」

小嗝嗝有點歇斯底里地笑了起來。「是啊，沒牙。」小嗝嗝說。「我注意到了，這裡真的有點恐怖。」

「我、我、我們要不要回家？」沒牙提議。

「嗯，我們回家吧。」小嗝嗝說。「可是我們得先救出其他人。」

小嗝嗝用力一推樹洞前的鐵柵門，彷彿要把巫婆在黑暗中說的話語關進去，「永遠」不放出來。

而後他收起劍，順著搖搖晃晃的繩橋跑去，沒牙則拍拍翅膀跟在後頭，尖聲說：「其他人？什、什、什麼其他人？我們幹麼關心其他人？『我們』現在很好啊……」（龍族有時候很自私。）說著，牠低頭看到自己的肚子，放

聲尖叫：「啊啊咿咿咿！我們『不』好！沒牙受、受、受傷了！」

「沒牙乖，你沒事了……你『現在』沒事了，」小嗝嗝安慰道。「那是樹洞裡的巫婆把你剖開時留下的傷痕……」

「樹洞裡的巫婆把沒、沒、沒牙剖開？」沒牙瞪大眼睛驚呼。「你怎麼沒、沒、沒有阻止她？你不、不、不是應該照顧沒牙嗎！」

「因為……因為……沒牙，這件事說來話長，我晚點再解釋……神——楓——！神——楓——！」小嗝嗝鼓起勇氣高呼。

「神——楓？」小嗝嗝再次喊道。「神————楓？」

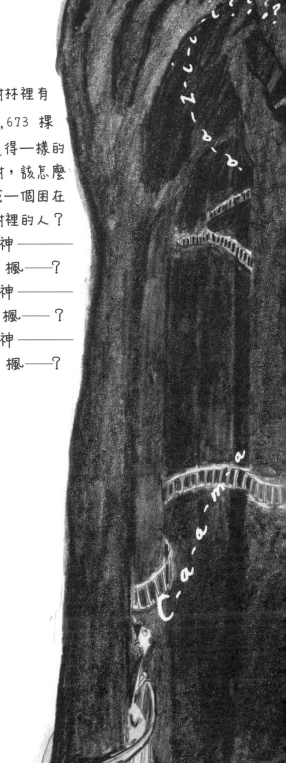

樹林裡有
35,673 棵
長得一樣的
樹，該怎麼
找一個困在
樹裡的人？
神——
楓——？
神——
楓——？
神——
楓——？

可是森林裡沒有人回應他。過了不久……

「沒有用。」小嗝嗝對沒牙說。他剛才跑得太急、肚子有點痛，因此稍微停下腳步休息。「森林裡應該有『好幾萬棵』樹吧，這些可惡的樹都長得一、模、一、樣。」

而且我們迷路了。小嗝嗝心想。

沒牙沒有回應。

牠站在繩橋支桿上，忙著吃東西。

「我們怎麼可能找到她嘛，」小嗝嗝喘著氣，絕望地說。「這就像在海灘上找某個特定的浮游生物一樣難。我有種不好的預感，感覺這次冒險，我『終於』、『終於』把好運用完了……沒牙！你在吃什麼！」小嗝嗝罵道。「你真是的，還沒學到教訓嗎！那東西可以吃嗎？」

「沒、沒、沒事啦！」沒牙抱怨道。「討厭的壞主人都凶可憐的沒牙。你看！這又不是金、金、金屬！是蛾、蛾、蛾螺！」

沒牙拿起牠剛剛在啃的東西。

那的確是所有狩獵龍都愛吃的蛾螺，狩獵龍會把爪子伸進螺裡，把裡頭軟軟的螺肉挖出來，還在扭動的蛾螺就會被龍活活吃掉。

很噁心，但狩獵龍就是這樣。

小嗝嗝從沒牙爪子上取下那個棕色小殼。

「蛾螺？」小嗝嗝若有所思。蛾螺住在海裡，不可能爬到兩百五十英尺高的樹冠層。

「『這裡』怎麼會有蛾螺？」小嗝嗝說。

「有很、很、很多隻啊……」沒牙邊說邊用翅膀指向繩橋上長滿青苔、破破爛爛的木板。

木板上果真有許多蛾螺。

小嗝嗝剛才忙著望向樹梢、高聲呼喚神楓，完全沒注意到這些蛾螺，可是沒牙視力極佳的龍眼睛看到了，小嗝嗝也發現木板上都是這些海洋生物。

小蛾螺排成一排，暖棕色螺殼在月光下閃閃發亮。

繩橋上每隔一段路就會出現更多蛾螺，牠們彷彿循著某條路，朝某個方向前進……

小嗝嗝看著牠們，想到他從前聽過的童話故事：故事中的男孩進到森林

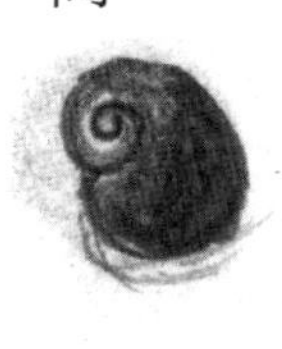

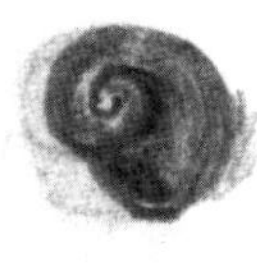

裡，來到巫婆的家，但他在地上留了白色小石頭當作記號，到時才能循著記號回家。

神楓口袋裡總是有一袋蛾螺，那是她的狩獵龍——暴飛飛——的點心。說不定，神楓在被押往牢房的途中，偷偷灑了一些蛾螺在地上，讓別人去救她？

神楓是個鬼點子很多的人，她和小嗝嗝一樣擅長臨機應變，這感覺很像她會想到的做法……

小嗝嗝越想越興奮，他跟著繩橋上的蛾螺，沿著迷宮般的繩橋路徑左彎右拐。有時線索會突然消失——但過一小段路，又會出現更多蛾螺。

沒牙不愧是沒牙，牠把這件事當成好玩的遊戲。「**別把牠們吃光！**」小嗝嗝嚴肅地警告牠。「**我們等等還要跟著蛾螺回狂戰村。**」

最後，蛾螺線索完全消失了，前方是一棵樹，它比小嗝嗝和阿爾文母親剛才所在的樹還要小很多。

小嗝嗝緊張得心臟撲通撲通直跳，他伸出微微顫抖又焦急的雙手，在常春藤中摸索。

他找到了，又是一道嵌在樹幹上的門。

小嗝嗝拿出鑰匙，向雷神索爾祈禱它有用。

他轉動鑰匙……鑰匙就如小嗝嗝的期望，成功開了鎖。這其實是歇斯底里部族的神奇發明之一，它是「萬能鑰匙」……

小嗝嗝默默感謝歇斯底里部族，那群人雖然超級危險，也跟鯖魚一樣瘋瘋癲癲的，但他們真的是非常厲害的發明家。（註19）門鎖**喀嚓！**一聲，牢門**吱呀**——開了。

樹洞內同樣有一扇活板門，小嗝嗝把門往上拉，臉湊到洞口，彷彿在對井底的東西呼喊。「**神楓？神楓？神楓？**」

註19　想多認識他們的發明，請讀《馴龍高手VII：巨魔龍與奴隸船》。

短暫的寂靜。

也許她不在這裡，也許小嗝嗝猜錯了，也許他來得太遲了——

就在這時，樹洞內傳出一聲歡呼。

那麼驕傲的歡呼聲，只可能是一個人發出來的……

果然，一分鐘後，神楓亂七八糟的頭髮和強悍的小臉從洞口冒了出來。

「小嗝嗝・何倫德斯・黑線鱈三世。」神楓明顯鬆了口氣，笑嘻嘻地說。

「神楓。」小嗝嗝笑吟吟地回應。

「我得承認，」神楓若無其事地跳出樹洞，刻意拍了拍身上的塵土，對小嗝嗝說。「看到你，我真的**超級**開心。」（對神楓來說，這種話就等同大哭著撲上去抱對方。）「蠻荒群島幾乎每一座島嶼，我都逃出來過，可是在那個監牢裡，我沒辦法撬鎖，我的鑰匙全都沒用，我要挖洞也挖不到哪裡去，而且裡頭好黑，讓我心情有點不好……可是我一點也不怕。」她凶巴巴地補充。

「嗯嗯，妳當然不怕。」小嗝嗝連忙附和。

「可是有點……」她越說越小聲，身體微微一抖。

幸好神楓不是容易長期憂鬱的人，她就像顆彈性十足的皮球，無論如何都能恢復原本的形狀。

離開監牢才兩秒鐘，她馬上恢復平時大搖大擺的姿態。

「當然，我最後一定有辦法逃出去，不過……話雖這麼說，你還是很厲害……當然，這是以『男生』和毛流氓來說……我想表達的是……**謝謝你**。」神楓說。

「不客氣。」小嗝嗝說。「真的。」

「那現在，」神楓邊說邊拔劍出鞘。「我要去找阿醜算帳。是他把我抓起來關在這裡，而且我的暴飛飛被他帶回醜暴徒城堡了。」

「阿醜好像在利用狂戰部族解決他的敵人，」小嗝嗝說。「但首先，我們恐怕得盡快趕回狂戰村，魚腳司的狀況不太妙……」

「太棒了，」神楓說。「我不介意繞遠路，我現在也很想和狂戰士打一場……那些纏著鎖鏈、腦袋用起司做的、愛對月亮亂叫的**綁架犯**！居然敢把腳底抹油、手指靈巧的『沼澤盜賊』關起來，我要讓他們後悔莫及。」

「嗯，對……」小嗝嗝跑向狂戰村。「我知道妳在生他們的氣，可是別忘了，我們只有兩個人，他們有……嗯……大概……**兩千個狂戰士**？我們這邊的人數有那麼一點少……所以說，我們還是悄悄把魚腳司和其他人放出來，再悄悄溜走就好了……」

「兩千個**前**狂戰士！」神楓沉著臉怒喊。「我要殺了他們**所有人**！從最胖的開始殺，殺到一個都不剩！」

「神楓，冷靜點。」小嗝嗝安撫她。「其實半個小時前狀況十分危急，可是

突然就好轉了……沒牙的病治好了，我逃離了老巫婆，也找到妳了。我相信在這次冒險，我的運氣變得更好了，所以妳不用拔劍，我們去把我們的人偷

「我會唱一首很煩的歌……很煩的歌……很、很、很煩的歌……我會唱一首很煩的歌，這、這、這就是很煩的歌……」（暫停）

「我會唱一首很、很、很煩的歌……」一直重複，一直重複到你想吐……

沒牙又恢復平時的樣子了……

出來就好了。應該還有一些時間……」

「連很小很小的狂戰士都不能殺嗎？」神楓失望透頂。「別這樣嘛，我被關在**黑漆漆**的樹裡，關了很久耶，他們超壞的！」

兩個好友循著閃亮的蛾螺路徑，沿著複雜的繩橋回到沉睡中的狂戰村。他們心中萌生希望（至少，小嗝嗝心中萌生了希望），也許這場冒險能和平結束，大家都平平安安。

如果小嗝嗝看到他二十分鐘前離開的那棵樹——那棵囚禁著老巫婆的樹，現在就不會這

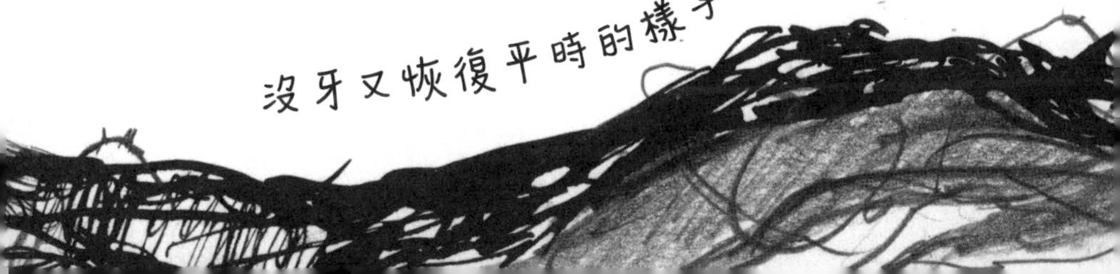

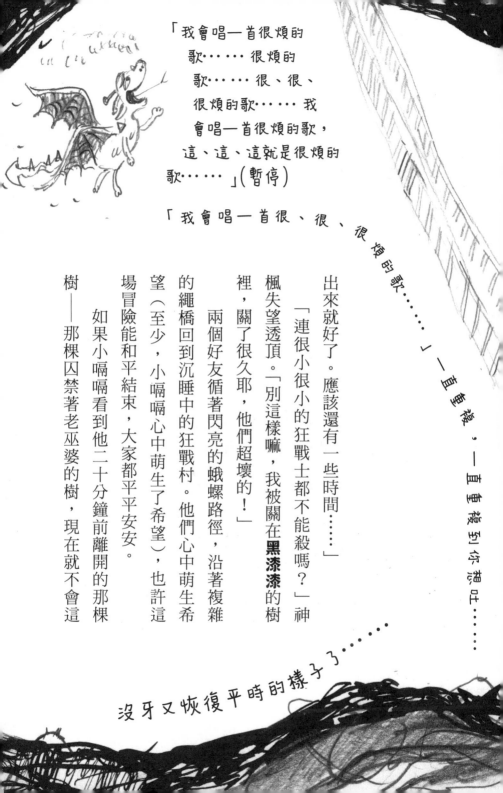

麼樂觀了。

他離開前應該鎖門的。

他怎麼可以忘記鎖門？

此時此刻，活板門下傳出搔刮聲。

那也許是小老鼠，也許是大老鼠，也可能是巫婆乾巴巴的指甲。

門很慢、很慢地開了。

兩隻眼睛往外望，在刺眼的月光下痛得不停流淚。

巫婆**沒有死**。

第十六章　死夜儀式

小嗝嗝和神楓循著繩橋上的蛾螺全速奔跑，沒牙則稍微悠閒地跟在後頭，邊飛邊吃地上的蛾螺。

有一次，小嗝嗝一腳踩在腐朽的木板上，木板被他踩穿了——但除了那驚險的一瞬間，沒有發生什麼大事。他們越來越接近狂戰村，但小嗝嗝的樂觀已經消失無蹤，因為從現在到死夜儀式開始前，已經沒剩多少時間了。

滿月歡欣鼓舞地照亮森林，樹龍再次交頭接耳，就連過去幾個小時靜了下來、快要睡著的蜜蜂群，也興奮地嗡嗡作響，彷彿期待接下來要發生的事。

「快點，快點！」小嗝嗝對神楓喊道。「我們還來得及……」

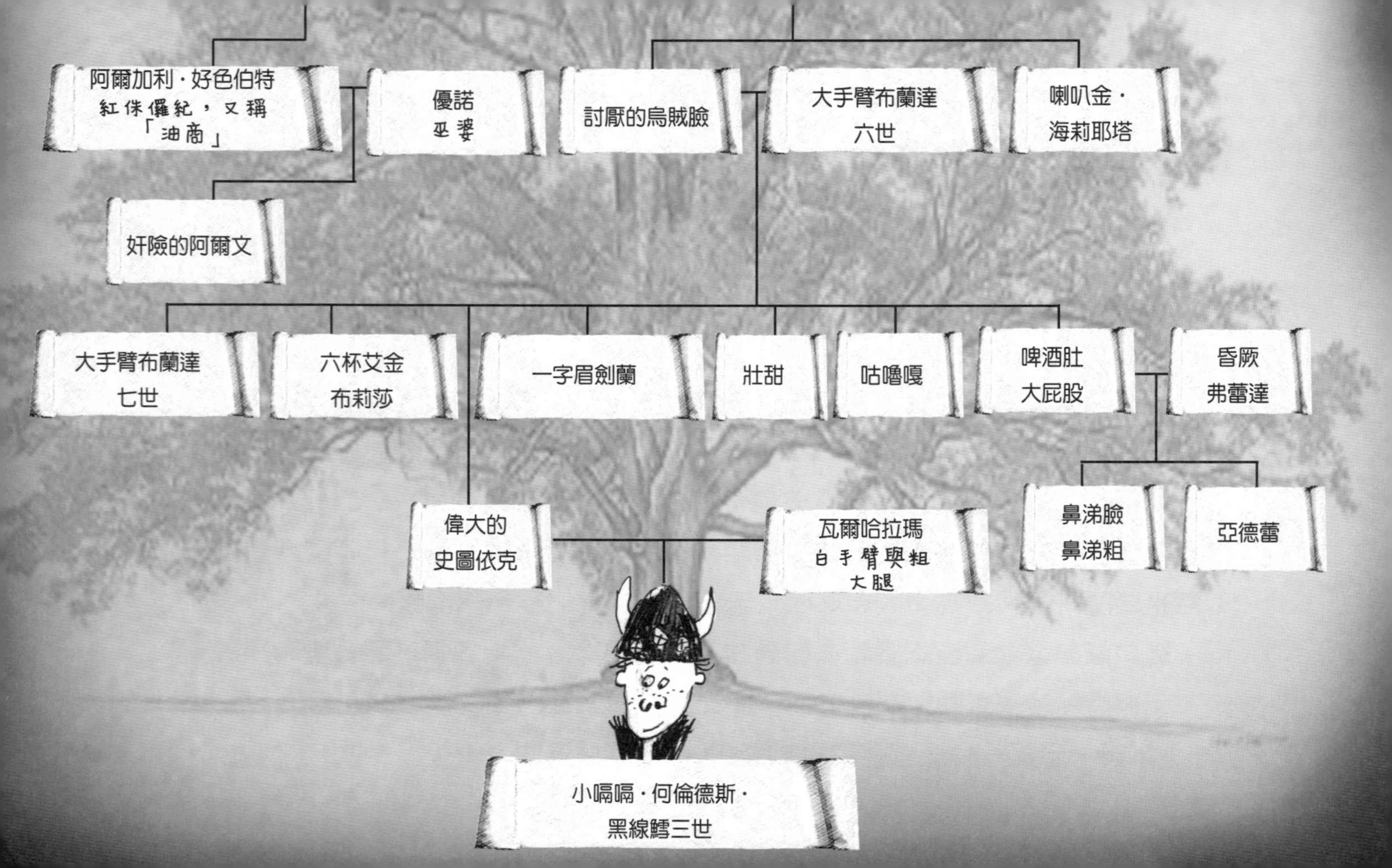
阿爾加利·好色伯特
紅侏儸紀，又稱「油商」
優諾
巫婆
討厭的烏賊臉
大手臂布蘭達
六世
喇叭金·
海莉耶塔
奸險的阿爾文
大手臂布蘭達
七世
六杯艾金
布莉莎
一字眉劍蘭
壯甜
咕嚕嘎
啤酒肚
大屁股
昏厥
弗蕾達
偉大的
史圖依克
瓦爾哈拉瑪
白手臂與粗
大腿
鼻涕臉
鼻涕粗
亞德蕾
小嗝嗝·何倫德斯·
黑線鱈三世

毛流氓族譜

恐怖陰森鬍
聽到這個名字就盡情發抖吧。
咳。呸，毛流氓部族的族長，
西荒野國王
琴希爾達
西荒野王后，
心碎灣的女鬼
惡心
奸險部族的
創始者與族長
阿諛
利刃與狡猾之女
笑頭
壯侵
痛揍島之花
小嗝嗝・何倫德斯・
黑線鱈二世
龍語專家

他們應該可以及時趕到吧？冒險就快完滿落幕了……

但就在跑得上氣不接下氣、衣服被刮得破破爛爛的小嗝嗝和神楓快到村子，來到通往狂戰村的繩橋時，驚嚇龍群忽然吱吱喳喳地起了騷動。

「**醒醒！醒醒！是死夜！是死夜！**」

五分鐘前，小嗝嗝還有機會打開所有籠子，大家一起隱入黑暗。

現在沒時間了。

小嗝嗝瘋狂衝過最後一座繩橋，在長了青苔的木臺上滑了一下，衝到囚禁未婚夫們的那排牢籠前。超自命不凡、其他未婚夫和魚腳司已經醒來了。

未婚夫一號：「你們看！是最新的未婚夫！他好像回來了！」

未婚夫三號：「小子，你跑錯方向了！瘋子要醒來了，快趁現在逃走啊！」

未婚夫一號：「**說得好！**」

未婚夫三號：「**沒錯……**」

未婚夫九號：「**我同意！**」

「小嗝嗝，你在做什麼啊？快往回跑！」超自命不凡大喊。

「除非你有好計畫……」魚腳司說。他的籠子表面擠滿驚嚇龍，看起來簡直像披了灰毛的活物。「而且是**非常非常非常**好的計畫……」

小嗝嗝看到一間間樹屋裡亮起火光，有人吆喝：「**上面，喝！**」四面八方傳來鎖鏈的叮咚聲響，小嗝嗝還看到狂戰士紛紛伸出手或腳，準備出門。

沒時間解放未婚夫了。

「神楓！妳快回家！」小嗝嗝大喊。

「那我不就錯過好玩的事情了嗎？你憑什麼對我下命令？」神楓氣呼呼地回嘴。「你自己回家去！」

「好啦，不然妳先爬到樹上。」小嗝嗝說。

「你們在做什麼？你們在做、做、做什麼？」沒牙驚恐地尖叫。「你跑、跑、跑錯方向了！」神楓以貓咪般敏捷的身姿爬上最近一棵樹，小嗝嗝則跳回自己的籠子，手忙腳亂地用萬能鑰匙重新鎖上門。

就在小嗝嗝把獸皮披在頭上、準備把鎖鏈纏回身上時，沒牙驚恐又焦慮地繞著他飛來飛去。「你應該逃、逃、逃走啊！你沒有在逃走！逃走是要『出去』，不是『進來』！」

小嗝嗝回來得正好，這時狂戰士們打著哈欠起床、出門，一個特別高大、特別胖、鎖鏈多到幾乎無法走路的狂戰士拿起三呎長的彎彎號角吹了一聲，大聲宣布：

「**死夜儀式……開始！**」

樹上的狂戰村矗立在一塊林中空地的周圍，繩橋圍著空地繞了一圈，類似樹上的圓形劇場。所有狂戰士都能清楚看到中間的儀式。

數以百計的狂戰士拖著叮咚作響的鎖鏈，邊聊天邊踏上繩橋，走到適合觀禮的位置。

「**把未婚夫帶過來！**」狂戰族長高呼。啪、**咚**、啪、**咚**、啪、**咚**，噹啷噹啷——奸險的阿爾文走到籠子前。

小嗝嗝突然得意地坐起身，全身纏滿鎖鏈的他，看起來像個金屬小木乃伊。

「**啊啊啊啊啊啊！**」奸險的阿爾文放聲尖叫，猛然往後跳，彷彿被什麼東西咬了一口。他僅存的眼睛瞪得很大。「**什麼**……你怎麼會……你什麼時候……你不是應該……你在這裡做什麼？」

小嗝嗝打了個哈欠。「這個嘛，我當然是在這裡等著參加你們陰森的死夜儀式、等著被抓去餵野獸吃囉。」他回答。「不然你覺得我該做什麼？下西洋棋？找鳥蛋吃？練習游泳？我都被鎖鏈纏住、關在籠子裡了，還能做什麼？」

「可是……可是……可是……可是……」奸險的阿爾文盯著小嗝嗝結結巴巴地說，彷彿眼前的男孩不是人，而是鬼。

「**阿爾馮斯，快一點！快把第一個犧牲品帶來！**」狂戰族長喊道。

有人打起鼓來，那是小嗝嗝不久前在心碎灣海灘聽過的鼓聲，現在回想起來，感覺真像上輩子發生的事。

死夜儀式！死夜儀式！死夜儀式！

全狂戰部族都來觀看儀式了，他們成排站在繩橋走道上，興奮地搖晃鎖鏈、對天號叫，總之就是很吵。他們漸漸迷失在狂戰士的怒火之中，有一、兩個人興奮得失去理智，從橋上往下跳，墜入深淵。

隨著鼓聲，狂戰士們在繩橋上整齊劃一地跺腳，嘴裡喃喃唸道。

他們唸得越來越大聲：「死夜儀式！死夜儀式！死夜儀式！」然後又更大聲：「**死夜儀式！餵野獸！死夜儀式！餵野獸！**」

他們放聲尖叫。

可怕的並不是狂戰士們的呼喊聲。

而是下方空地上，從枝枒間傳來的低沉嗚聲。那是野獸飢餓的低哼與嗤氣聲，牠想必躲藏在下方的林木間，現在餵食時間到了，牠也差不

餵野獸！

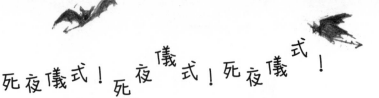

多該出來了。小嗝嗝的心臟在胸中翻起筋斗，他這才發現，他一點也不想被餵給野獸吃。

為了這場盛大的儀式，狂戰部族族長拿下身上一部分鏈條，他舉起雙手，要大家安靜下來。

「偉大的索爾啊，」老瘋子高喊。「請聆聽我們卑微瘋子的聲音。現在，是時候餵食叢林中心的野獸了，請接受這份微薄的獻禮，讓我們在戰鬥中變得和祢同樣強壯、同樣瘋狂！乾杯！」

狂戰士全體舉杯，用狂戰島蜂蜜做的蜂蜜酒敬月亮，一飲而盡。

既然死期將至，未婚夫們都想用勇氣勝過其他未婚夫。他們沒辦法舉手，但都爭先恐後地撲向鐵柵門，表示自己很想當第一個犧牲品。

未婚夫三號：「**我先！讓我先！**」

未婚夫一號：「是我先被抓到的，你去我後面排隊！」

未婚夫十號：「這表示你做得最爛。應該讓我先才對，我的心真的碎了，讓我心懷對鬧脾氣公主的愛，快樂地死去吧！」

未婚夫一號：「愛現鬼，閉嘴啦……」

他們爭論不休。

「**閉嘴！**」阿爾文尖叫。他氣得忘了用法國腔說話。

阿爾文喜歡看受害者害怕的模樣，他才不想看到十三個勇敢得莫名其妙的未婚夫爭著當第一個赴死的人。

「這個男孩第一，」阿爾文壞笑著說。「這一次，我要確保這隻小老鼠真的死透了。」

小嗝嗝被拖出來，關進另一個籠子裡，這個籠子綁著一條長繩，繩索另一端是絞盤。狂戰士們把他頭下腳上地緊緊綁在籠子裡，關上籠門（他們做事相當謹慎）。

阿爾文親自將籠門上鎖。

「小嗝嗝・何倫德斯・黑線鱈三世，永別了。」奸險的阿爾文悄聲說完，對

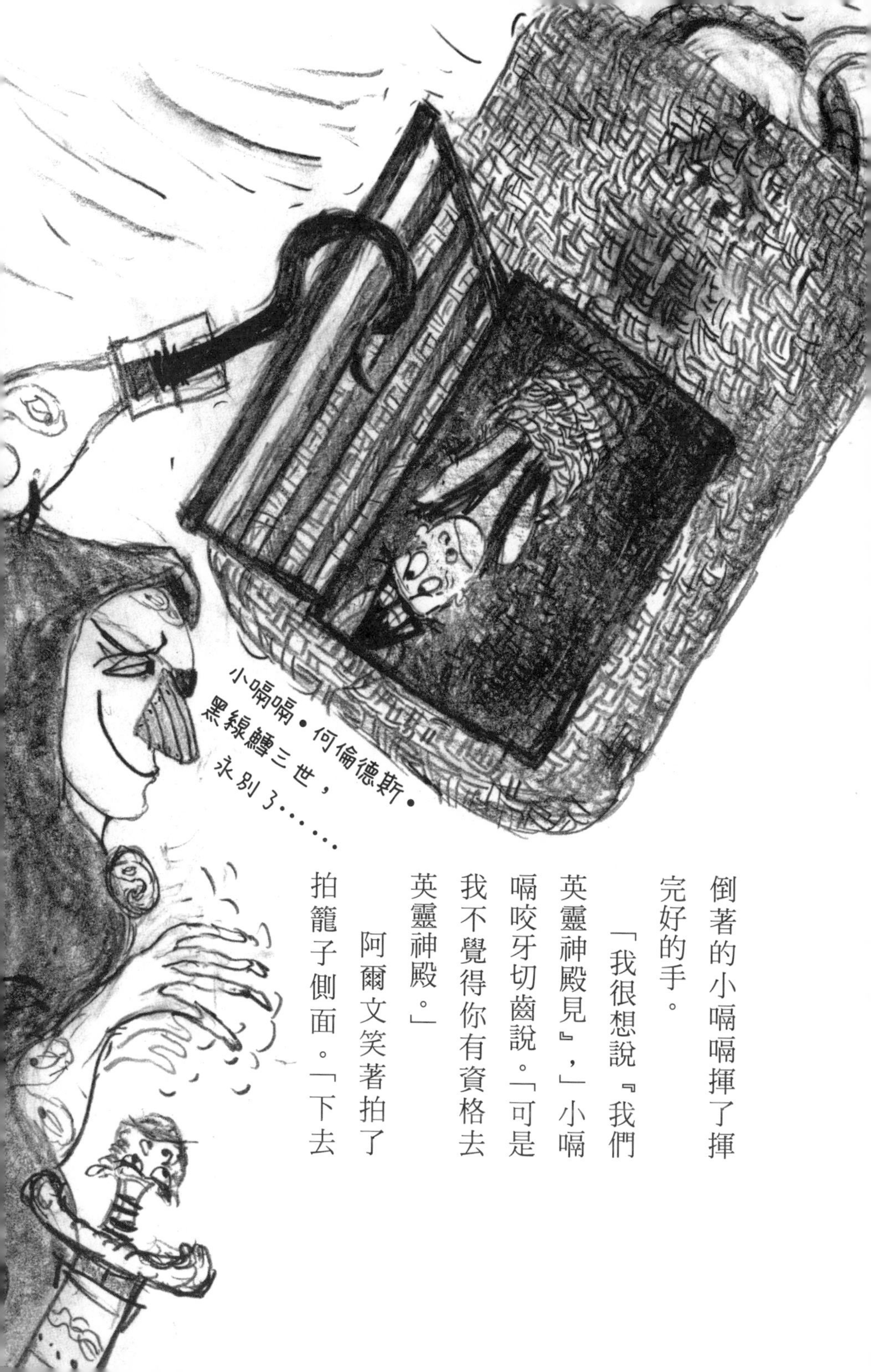

倒著的小嗝嗝揮了揮完好的手。

「我很想說『我們英靈神殿見』，」小嗝嗝咬牙切齒說。「可是我不覺得你有資格去英靈神殿。」

阿爾文笑著拍了拍籠子側面。「下去

吧！」

旁觀的狂戰士歡聲雷動，看著同伴轉動絞盤吊起籠子，用木造的滑輪讓籠子懸在下方茂密的樹叢上方緩緩搖擺。

狂戰士開始有節奏地前後搖擺身體，喉頭發出哼聲。籠子很慢、很慢、很慢地往下降，接近下方的叢林。

「我的雷神索爾啊……」神楓驚呼。她像隻小黑貓，抱著上方一根樹枝。

「他這次不可能逃走了吧？」

「發生什麼事了？」魚腳司大喊。他的籠子包了六層驚嚇龍，什麼都看不到。

「萬歲！」大英雄超自命不凡歡呼。

「他逃走了嗎？」魚腳司滿懷希望地問。

「不是不是，」超自命不凡說。「可是他好『勇敢』啊！真是個英雄！認識他是我的榮幸！」

籠子不停、不停、不停往下降，大家看著小嗝嗝倒著在籠子裡搖來搖去，像隻被捆起來、綁在棲木上的可憐小鳥。沒牙有點漫不經心地飛來飛去。驚嚇龍從四面八方襲向小嗝嗝的籠子。

不停往下、往下、再往下……

籠子在搖來晃去的綠色海洋上方滯留片刻，宛如誘人的小蚯蚓，而水面下就是飢腸轆轆、蠢蠢欲動的鮭魚或梭子魚。

它誘人地晃了晃、搖了搖。

「**餵野獸！餵野獸！餵野獸！餵野獸！餵野獸！餵野獸！餵野獸！**」狂戰士齊聲唸誦、叫喊、打鼓與呼號，每個人都伸長脖子望向下方的樹海。

神楓在上方的樹枝上，看著這一切。

「**小嗝嗝加油！**」她興奮地大喊。她對小嗝嗝信心十足，相信他無論遭遇什麼情況，都能成功脫身。

其他人也目不轉睛地看著他。

巫婆的眼睛躲在陰影中，逐漸適應月光，逐漸看清周遭事物……

籠子朝叢林降下去時，籠中的小嗝嗝開始在鎖鏈裡想辦法解鎖。他手握魔法鑰匙，手指卻因恐懼與手汗而滑溜溜的，不方便做事。

在**頭下腳上**的情況下開鎖並不容易——小嗝嗝沒有練過——而且野獸在下方飢餓地吼叫，沒牙在籠子外飛來飛去尖叫：「危機！危、危、危機！這是危機！」都令他分心。

總的來說，籠子降到漆黑的森林下層時，小嗝嗝只解開了一半的鎖鏈。這跟他的計畫不一樣。

根據小嗝嗝的估算，如果他要活著逃出去，就必須在此之前解開所有鎖鏈，才有時間打開籠門。

可惜人生並不如意，小嗝嗝又急忙解開一條鎖鏈，著手解開下一條，籠子不停往下、往下、往下降。

「你的計畫很爛、爛、爛很爛！」沒牙大叫。

「太慢了……」小嗝嗝低聲自語，他完全同意沒牙的說法。「太慢了……」

「別忘了，所有龍族都有弱點！」他聽到神楓為他加油打氣。**「攻擊他的眼睛！咬他的鼻子！龍的鼻子都很敏感！」**

謝啦，神楓，妳的建議「超級」有幫助喔……小嗝嗝諷刺地想。**要是他不配合，不把我抓到他鼻子前面怎麼辦？要是我只有機會接近他的「牙齒」怎麼辦？**

「你也可以裝死！」神楓繼續叫喊。**「裝死有時候很有用！」**

要是我真的死了呢？小嗝嗝暗想。

籠子繼續往下、往下、往下……下一個鎖有點難開，鑰匙卡住一下下……

快點快點快點……鎖就是不動，小嗝嗝急得快哭了……

……**喀嚓！**鎖開了，噹啷噹啷噹啷，倒數第二條鎖鏈落到籠子地上。

最後一條了……

砰——！

下方的林木彷彿發生火山爆發，繩橋上的觀眾嚇了一跳。

巨大野獸的頭冒了出來。

小嗝嗝什麼都沒看到，只感覺到可怕的撞擊——有什麼以人類無法想像的巨力從下方撞上來，籠子整個往上凹折，宛如脆弱的紙張。

「**咿咿咿咿！**」沒牙驚叫。

噹啷噹啷……終於擺脫最後一條鎖鏈了，小嗝嗝爬出鎖鏈堆，不住顫抖的手指將鑰匙插進籠門……

轟——！

籠子又被猛撞一下，冷不防往左晃。小嗝嗝奮力抓著籠門，在空中擺盪的

同時轉動鑰匙。

野獸在做什麼，小嗝嗝心裡很清楚，因為同樣的行為他看過無數次。野獸要在把獵物吃掉前先玩弄他一番，就像殺人鯨先把海豹拋到自己鼻頭再吃掉一樣。

啊啊啊啊啊——

喀嗤！神楓看到野獸再次撞擊籠子，忍不住全身一縮。

她聽到震耳欲聾的尖銳吼叫，野獸準備最後一次進攻。

二十呎長的巨大利牙**喀嚓**一聲咬在鐵籠上，聲音大得令人瞠目結舌。

下方的叢林如漩渦、如海浪劇烈波動。

野獸又一次大吼。

接著，只剩無盡寂靜。

觀眾滿足地低吟一聲。

魚腳司咕噥：「他會沒事的……他每一次都這樣……反正到最後一定不會

有事的……對不對？」

「**偉大的雷神索爾，叢林、群島與萬物之王，感謝祢！**」瘋狂的狂戰部族族長高呼。「**把籠子拉上來！**」

在觀眾激動的歡呼聲中，有人轉動絞盤，把繩子往上拉。

繩子不停往上、往上，觀眾的歡呼聲越來越響……繩子從叢林裡拉出來……

……繩子另一頭，只剩哀傷地掛在鉤子上的幾條藤條。

神楓出神地盯著那幾條歪歪掛著的藤條。

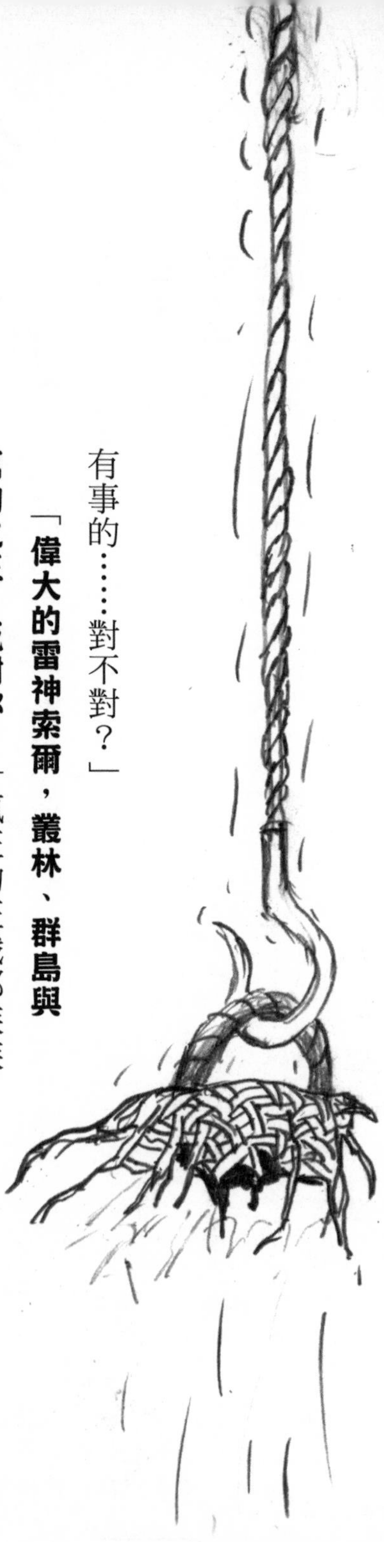

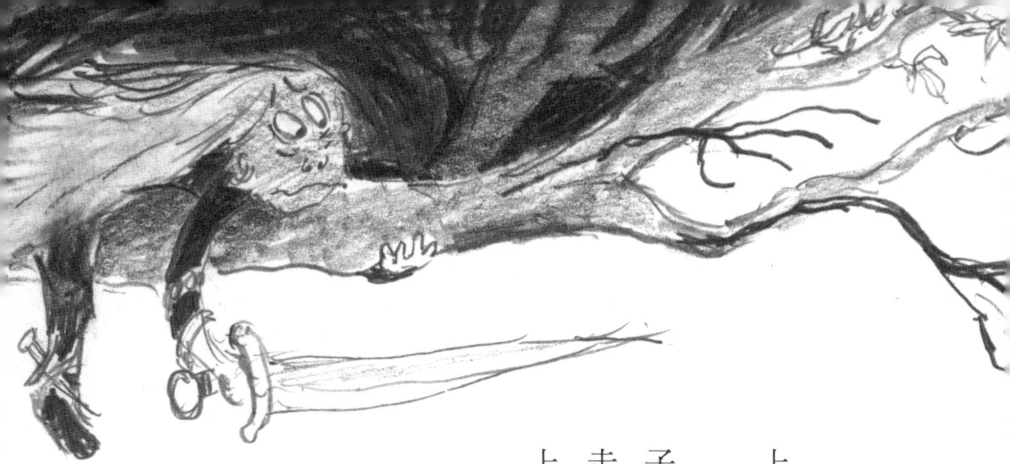

「把下一個未婚夫帶過來！」狂戰族長高喊。「把籠子拉上來！」

「怎麼了？發生什麼事了？」魚腳司呻吟著問。他的籠子上有太多驚嚇龍，到現在還是搞不清楚狀況。「他沒有逃走嗎……？」魚腳司並不知道，狂戰士們正在把他的籠子掛上繩索。

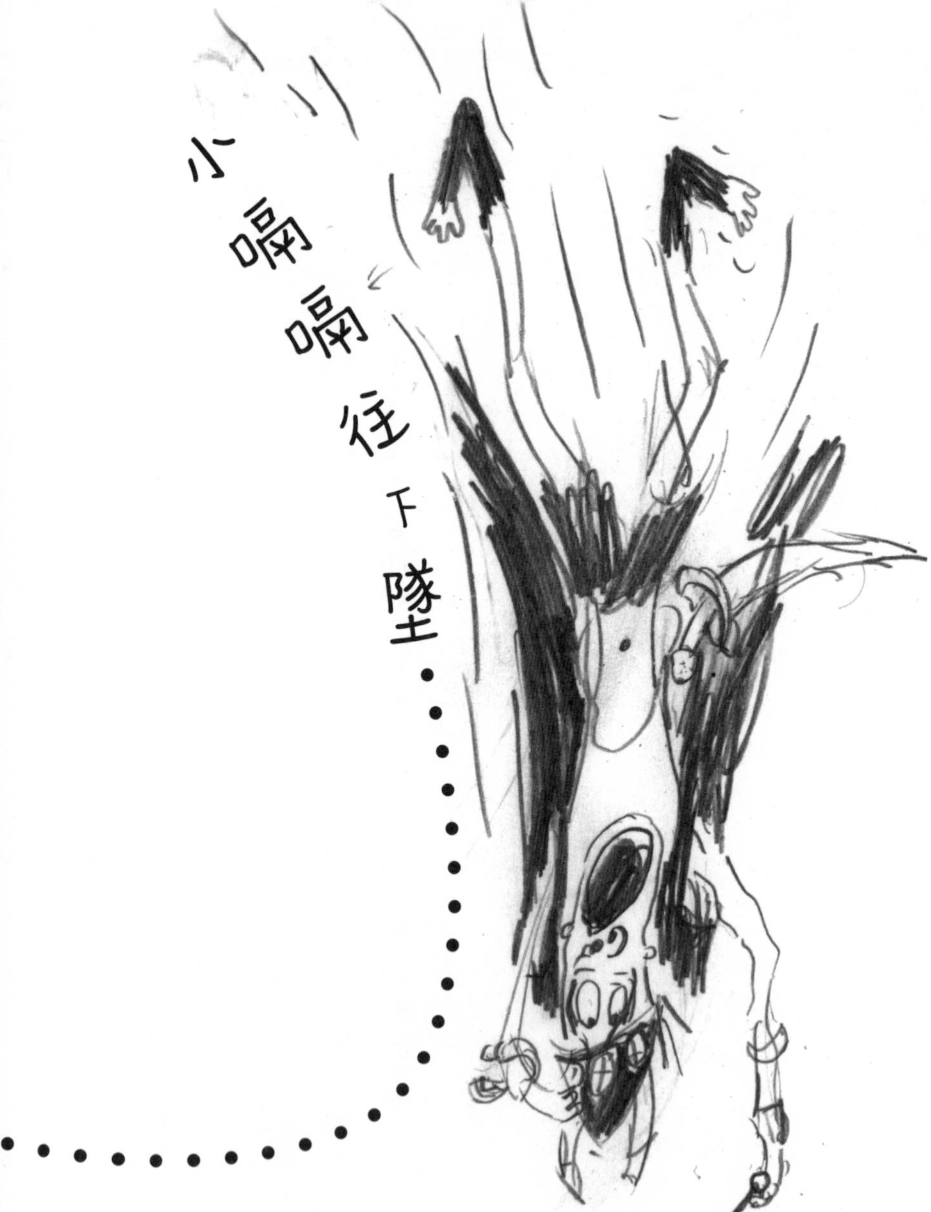
小嗝嗝往下墜……

第十七章　野獸

籠子破掉了，小嗝嗝往下墜……

……半空中，龍怪獸大得不可思議的手爪接住他，宛如小型龍抓住青蠅（這是有原因的，不過恐怕有點噁心：龍族喜歡把獵物活活吃掉。我這樣說好了，比起掉到地上被踩爛的覆盆子，你應該更想吃鮮美多

汁的覆盆子吧？）。

野獸又把小嗝嗝拋到空中，仰頭準備用嘴巴接住他。

漆黑山洞般的血盆大口張開了，邊緣是一排鐘乳石似的利牙。小嗝嗝在空中翻滾，就在他落進龍口時，他勉強用龍語大叫：「住嘴！」

然後，嘴巴
閉上了。

全然的黑暗，加上燙人的高溫。小嗝嗝只能默默想：**我真的玩完了……**

……就在這時，就在怪獸吞嚥之前，怪獸的手爪伸進自己嘴巴，一根爪子將小嗝嗝撈出來。

「住手！」小嗝嗝再次大叫。他掛在野獸的爪子上劇烈咳嗽，身上沾滿噁心的綠色口水。

怪獸把小嗝嗝舉到一顆巨大的黃色眼睛前，仔細看了看他。

小嗝嗝一邊咳嗽，一邊仔細看了看怪獸。

他不敢相信自己的眼睛。

是「海龍」，而且不是普通的海龍，是超級稀有的巨無霸海龍。

小嗝嗝認得這種龍，因為他在一年多前遇過另一隻巨無霸海龍，那是他身為實習戰士的第一場冒險。（註20）

註20　請參閱小嗝嗝的第一本回憶錄《馴龍高手》。

這裡怎麼會有「海龍」？

野獸被鎖鏈固定在地上。

牠好像有氣喘，艱難的呼吸聲聽起來就很不舒服，牠的皮膚乾燥得像老舊、龜裂的羊皮紙。牠鼻孔冒出大量煙霧，濃湯般的濃煙充滿令人窒息、難以想像的絕望。

森林圍繞著牠的身軀長大，一棵白蠟樹長在牠的脊刺之間，牠脖子上不僅有金屬鏈，還纏了好幾圈荊棘，荊棘長得太厚了，牠幾乎無法挪動頭部。

野獸身上纏滿鎖鏈，小嗝嗝從沒見過這樣的鏈條。

打造這些鏈條的鐵工廠，規模到底有多大？鏈條的每一節都和一個房間一樣寬，光要搬動一節鏈條，應該就需要五十個人。人類居然能把每一節鏈條接在一起，還把樁子深深嵌入地下，不讓巨大野獸掙脫，真是不可思議。

巨無霸海龍的巨大黃眼對上小嗝嗝的眼睛。海龍眼裡是瘋癲的哀愁，即使牠再度張開大嘴——顯然認為小嗝嗝雖然奇怪，但應該能吃——小嗝嗝的第一個想法也不是恐懼，而是憐憫。

野獸好可憐，小嗝嗝心想。**好可憐喔……**

一瞬間的憐憫救了小嗝嗝。如果他當下感到害怕，應該會怕得無法思考。

但憐憫之情讓他回想到小嗝嗝·何倫德斯·黑線鱈二世的故事，還想到阿爾文母親撫摸沒牙胸口時說的話：「**牠胸口有一道舊疤，位置跟……跟『那個』一樣……真是奇怪……**」

小嗝嗝從野獸的指尖往下望，清楚看到牠的胸膛。

野獸的心臟上方，有一條顏色較淺的綠色……

……那是很久很久以前就癒合的傷口，現在表面只剩很淡、很淡的一道疤。

小嗝嗝想到一隻龍靜靜坐在海灘上，陪伴牠死去的哥哥。牠胸口多了暴風寶劍造成的傷口，傷口還在流血；牠不會因此死去，但牠的心還是碎了。

「狂怒！」小嗝嗝大喊。「你是龍王狂怒！」

這下，巨龍真的停下了動作。

牠動也不動地坐在原地，眼中閃過無數年光陰，從漠不關心變得專注、變得認真。

巨龍終於開口說話，牠已經很多年沒有說話了，聲音和狂戰部族晃來晃去的鎖鏈一樣刺耳難聽。

「那『曾經』是我的名字。」巨龍沉聲說。「人類，我的名字對『你』而言，有什麼意義？你憑什麼喊我的名字？你又是怎麼知道這個名字的？你怎麼會使用綠血蛇龍神聖的語言？」

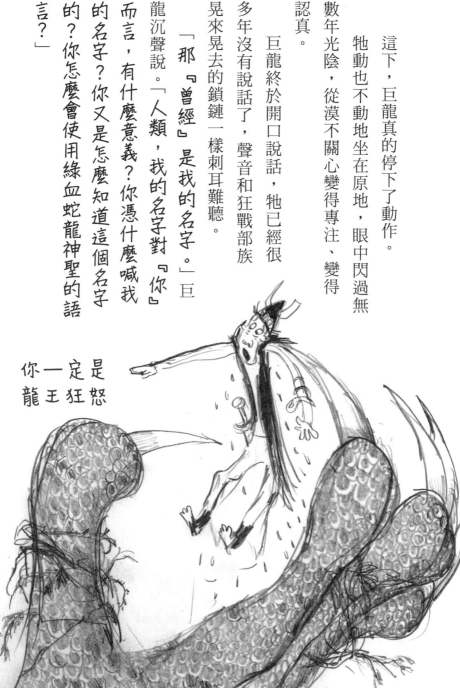

小嗝嗝幾乎不敢相信自己的耳朵。

牠的確是龍王狂怒。一百年前，牠被陰森鬍的部下囚禁在這座森林遍布的島嶼上。

「我之所以知道你的名字，」小嗝嗝說。「是因為我是你的人類哥哥的後裔……我是小嗝嗝．何倫德斯．黑線鱈三世，偉大的史圖依克和白手臂粗大腿瓦爾哈拉瑪的兒子……我和我的祖先——小嗝嗝．何倫德斯．黑線鱈二世，你的親兄弟——一樣，是龍語專家。如果你曾經愛過我的祖先，那我求你聽我說幾句話。你看，我是用龍語對你說話……」

小嗝嗝直視野獸的眼睛，在雷射般的金色強光下，他迅速閉上眼睛。

「你說的是實話。」巨無霸海龍詫異地說。

海龍的眼睛能分辨真偽。

「實話應該幫不了你……」牠疲憊地說。「擁有我曾愛過的名字的男孩啊，我先警告你，我的愛已經一點也不剩了。一丁點、一瞇瞇也不剩了。我被囚禁了一百年，心中所有的愛都消失了，我再也不會愛任何人或龍了。若能回到過去，我才不會在受詛咒的海灣為他冰冷的屍體落下珍貴的淚水，讓那些人類用鎖鏈困住我，把我深埋在這片森林裡。若能回到當初，我一定會撐開翅膀飛向明亮的藍天，讓魚群吃了他……我愛人類、信任人類，而這就是那份軟弱帶來的懲罰。」

小嗝嗝的心開始往下沉。他原本希望巨無霸海龍見到哥哥的後人，會願意放他一馬。

儘管如此，他還是努力拿出信心說（面對龍族，你必須用堅定、自信的語氣說話，不然不會得到尊重）：「強大的龍王啊，我今天來這裡不是為了聊過去，而是為了放你自由。」

「『你』？放『我』自由？」巨無霸海龍諷刺地拖長語調說。「人類螻蟻，你看看我的鎖鏈……過去一世紀我天天啃咬這些鏈條，卻還是掙脫不了。『你』怎麼可能放『我』自由？」

「我有鑰匙。」小嗝嗝邊說邊從口袋掏出鑰匙。「你要是吃了我，就再也別想看到這把鑰匙了……跟我交易吧，我放你自由。」

巨龍沉默許久。

牠接下來說的這段話至關重要，直到很久很久以後，小嗝嗝才會發現它到底有多麼重要。

「擁有我曾愛過的名字的男孩，為了公平起見，我必須先警告你，只有在世界上所有人類都死透了的時候，我才能獲得真正的自由。這些年來，我為什麼沒有放火燒了這片該死的森林牢獄，把我們每一個人、每一隻龍都送上英靈神殿？因為我想『復仇』。有一天，我要率領龍族叛軍，消滅地表所有人類。上次失敗的叛亂給了我一個教訓，我學到人類和龍族無法一同生活在世界上，人類是不可能和我們和平共處的死敵。男孩，我已經警告過你了，你要放我自由，就必須承擔這個風險。」

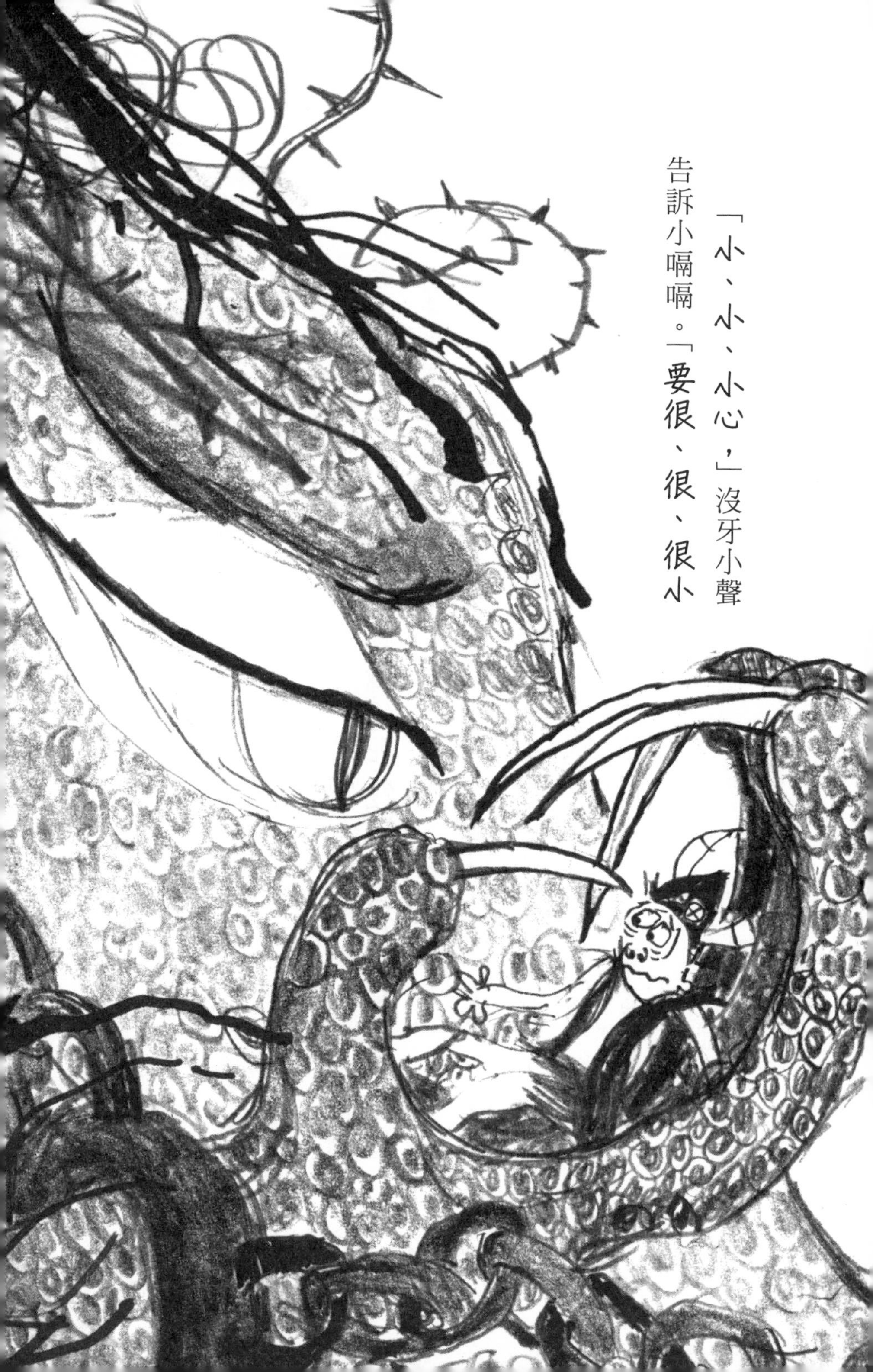

「小、小、小心，」沒牙小聲告訴小嗝嗝。「要很、很、很小

心……」

可是小嗝嗝很年輕，他天性樂觀，心中又充滿希望。於是，他回答：「那我就用誓言約束你。龍如果用自己的心起誓，就永遠不能違背諾言。」

「你想怎麼交易？」巨無霸海龍問道。

沒牙爬上小嗝嗝的肩膀，牠垂著龍角，耳朵緊貼著頭皮。「想、想、想個好交易，」牠小聲說。「用誓言把牠綁得死死的。不要給牠空間。相信沒牙，這隻龍很危、危、危險……」

「這樣吧，」小嗝嗝說。「我會放你自由，可是你必須發誓幫我解放這座島上的每一個人。你還要保證你在未來不會傷害我或其他人類，你必須飛去北方的大荒野，或去西方的大海，那裡沒有人類，你可以自由快樂地生活，不必想到被囚禁的這段恐怖時光。你願意發誓嗎？」

又是一陣漫長的沉默。

「我發誓。」海龍一字一句重複小嗝嗝說的話。

「你用你的心發誓嗎？」小嗝嗝問道。

巨龍以一根爪子迅速劃過心臟上方的空氣，然後說：「我用我的心發誓……」

於是，小嗝嗝放龍王狂怒自由。

每一條鎖鏈、每一個鐐銬都得費時解鎖，小嗝嗝得在巨大的鎖上找到小小的鎖孔，而掛鎖在過去一百年長滿了青苔與真菌，表面又髒又滑，鎖孔真的很難找。小嗝嗝每次手指發顫地將鑰匙插進古舊的鑰匙孔，都對雷神索爾祈禱數十年的鐵鏽沒有讓鎖壞掉，但儘管鑰匙稍微卡住，最後還是在小嗝嗝用力轉動下，吱吱嘎嘎地轉開了掛鎖。

歇斯底里人還真是天才發明家。

小嗝嗝解開纏住翅膀的鎖鏈時，感到特別滿足。他轉動鑰匙，伴隨著細微的「喀嚓」一聲開了纏在荊棘與刺藤中的掛鎖，第一片翅膀自由了。小嗝嗝看著翅膀顫抖片刻——然後整片森林都開始震動，翅膀扯掉緊緊糾纏它的植物，像巨大的維京船帆般揚了起來。翅膀的皮膚有許多破洞，還有幾棵樹被連根拔起。

翅膀不停往上伸展，小嗝嗝也心急地爬上龍背，用劍在樹叢中砍出一條路，在滑溜溜的龍鱗上滑了幾下。他恨不得馬上解放另一片翅膀，讓巨龍重獲自由。

兩片翅膀繼續往上揚，在巨龍跌跌撞撞站起身時，有更多樹木被拔起。小嗝嗝開心地對空揮拳，忍不住狂叫一聲。他看著巨龍舒展身體，翅膀彷彿巨大無比的旌旗，在空中揮舞，儘管有些破爛，卻依然是勝利的象徵。

第十八章　壯烈犧牲

與此同時，樹冠層的狂戰村裡，魚腳司正在面對自己的難關。

阿爾文堅持要他第二個死。

「魚腳司，祝你好運！」魚腳司的籠子被垂掛到綠色樹海上方時，大英雄超自命不凡大喊。「別忘了，你要像個『英雄』一樣壯烈犧牲，你可是鬧脾氣．醜八怪的未婚夫之一！」

未婚夫一號：「**說得好！**」

未婚夫三號：「**沒錯……**」

未婚夫九號：「**我同意！**」

「我要壯烈犧牲。我要壯烈犧牲。」可憐的魚腳司驚恐地喃喃自語。六層驚嚇龍擠在籠子外尖叫：「他要──死──了……他要──死──了……」──「我要像英雄一樣壯烈犧牲……天啊……我的雷神索爾啊……」

「**哈哈哈哈哈哈！**」狂戰士們哈哈大笑。「你看，有那麼多驚嚇龍！他一定嚇死了！」

「拜託……讓我死得像個『英雄』。」魚腳司繼續自言自語。「不要讓我當笑柄死去……」

魚腳司驚訝地聽到神楓的叫聲，她叫得比其他人都大聲（神楓要別人聽到她的聲音時，會用特別刺耳的高音叫喊）。「**唱歌啊！**」聽起來像神楓的聲音喊道。「**唱你們部族的國歌！**」

魚腳司想到小嗝嗝曾差點死在火山上，當時他也唱起了國歌。（註21）

註21　想知道那是什麼樣的故事嗎？請看《馴龍高手V：滅絕龍與火焰石》，裡面也有說明毛流氓國歌的由來喔。

可是他該唱哪一族的國歌才好？他到底是哪裡人？十三年半前，魚腳司的龍蝦陷阱究竟是從哪裡啟航的呢？

在這危險的瞬間，在黑暗的籠子裡，魚腳司找到了自己。

我是毛流氓，魚腳司心想。**就算我和他們沒有血緣關係，收留我的也是毛流氓部族。**

他高唱起毛流氓部族的國歌，唱著唱著突然發現歌詞意外地適合自己。

魚腳司的籠子慢慢降到樹海深淵，包圍它的驚嚇龍越來越少。魚腳司越唱越勇敢，恐懼的氣味越來越淡，飛走的驚嚇龍也越來越多。見狀，魚腳司唱得更大聲了，他驕傲地唱出歌詞，大聲把驚嚇龍群趕走。

這不是我該來的地方，
也不是我的出發點，
但我從此心繫博克島，

這片雨中沼澤就是我的家園！

狂戰士們看到大批大批的驚嚇龍飛離籠子，漸漸停止大笑。

籠子下降的同時，最後幾隻驚嚇龍像蝴蝶似地拍翅膀飛走，大家清楚看到抬頭挺胸、高唱國歌的魚腳司。

蠻荒群島各部族最仰慕勇士了，即使是狂戰部族這麼瘋癲的一群人，也十分敬重勇敢的人。

一個狂戰士高呼：「真是個了不起的英雄！」

狂戰士群和未婚夫們歡呼出聲，在籠子繼續下降的同時，大家瘋狂鼓掌、號叫，看著魚腳司面臨死亡。

這時候，狀況發生了。

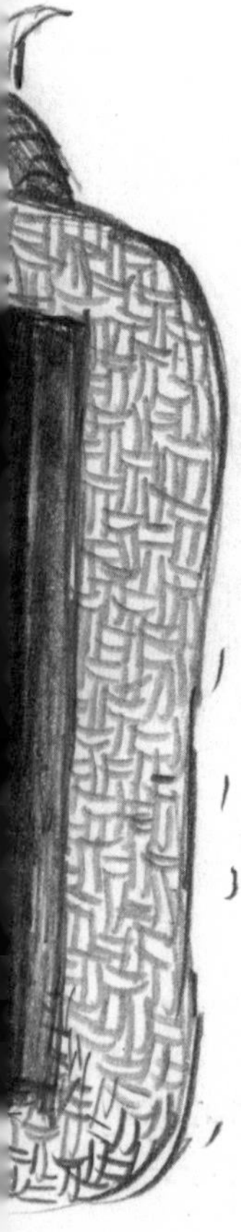

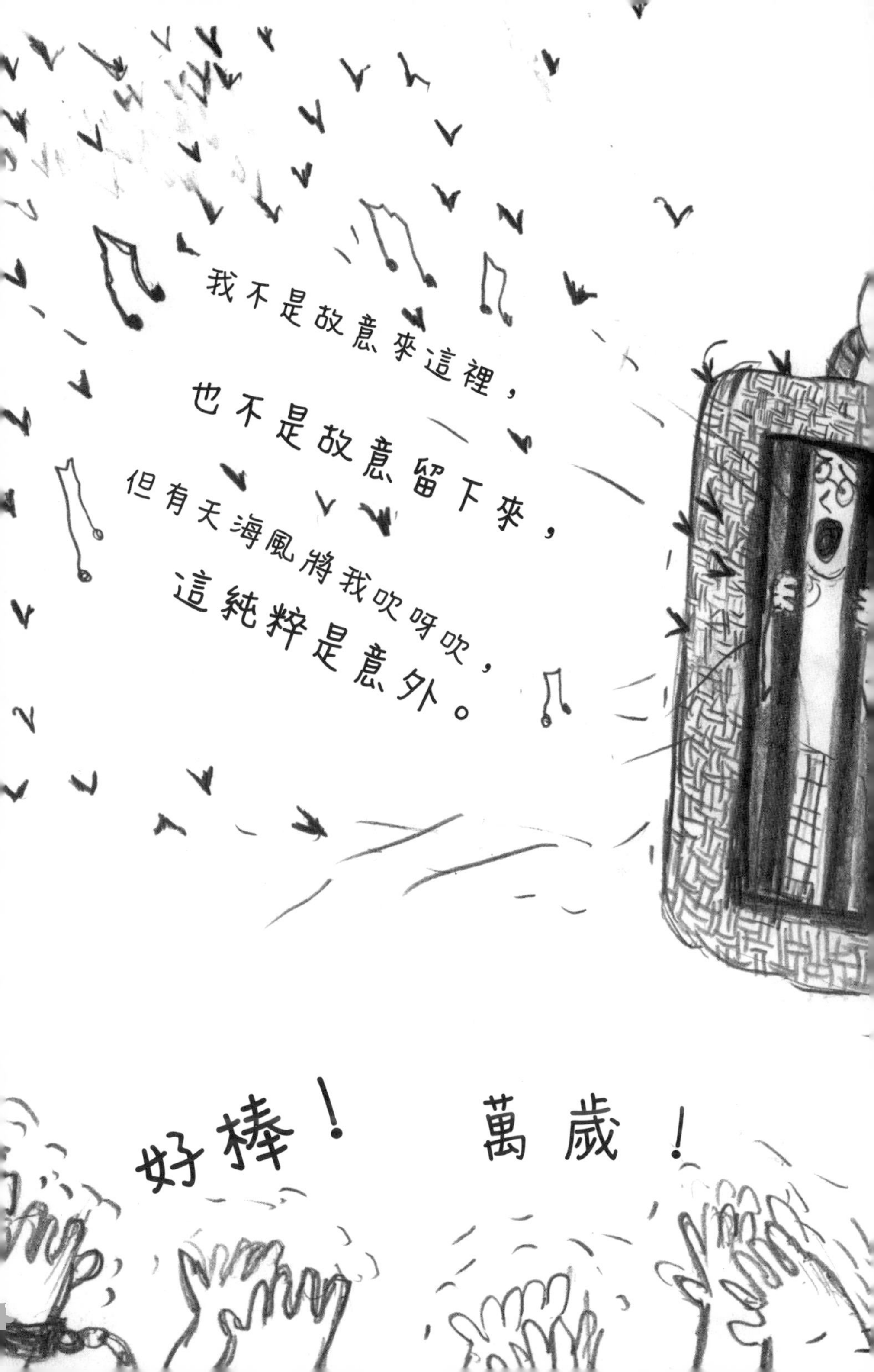
我不是故意來這裡，
也不是故意留下來，
但有天海風將我吹呀吹，
這純粹是意外。
好棒！
萬歲！

下方的樹海劇烈晃動。

樹幹和房子一樣粗的巨樹，像草原上的小草一樣搖來晃去，有些狂戰士沒站穩，尖叫著落入綠色深淵。

「這是怎麼回事？」超自命不凡高喊。樹林在陣陣嘎吱聲中湧動，彷彿形成緩慢移動的綠色海浪。「是地震嗎？」

「不曉得……」倒數第二個未婚夫握緊牢籠的鐵柵，大聲回答。

叢林繼續晃動，樹木被連根拔起的可怕聲響傳了上來，接著，所有人目瞪口呆地看著綠色樹冠層冒出一顆大得不可思議的龍頭。牠張開血盆大口尖聲吼叫，破出樹林的模樣，彷彿蛋裡的龍寶寶破殼而出。

又是一聲狂野而駭人的呼嘯，巨樹在牠身邊倒塌。巨龍猛然衝出樹林，龐大形影遮住天上的月亮，牠開始扇動破爛的翅膀，激起席捲整片樹林的暴風，大怪獸就飛上了天。

「我的雷神索爾啊……我的雷神索爾啊……」魚腳司悄聲說。他一手遮擋光線，仰頭望向巨龍在天上形成的烏雲。「我的雷神索爾啊……」

巨龍背上有東西——是百年來第一個騎龍王狂怒的人類。

小嗝嗝。

第十九章　出乎意料的展開

真是美好的一刻。

對小嗝嗝而言，這是非常美好的一刻，他高坐在龍王狂怒的背上，俯瞰下方的狂戰部族，突然覺得站在搖搖晃晃繩橋上的那群瘋子，看起來異常弱小。

至於狂戰士，他們都震驚地仰望飛在天上的巨龍，以及直挺挺坐在牠背上的小小人類。

「**住手！**」小嗝嗝．何倫德斯．黑線鱈三世大喊。「**住手！**狂戰島的野獸現在聽『我』的命令，**你們要服從我**，不然他會用龍火把整片森

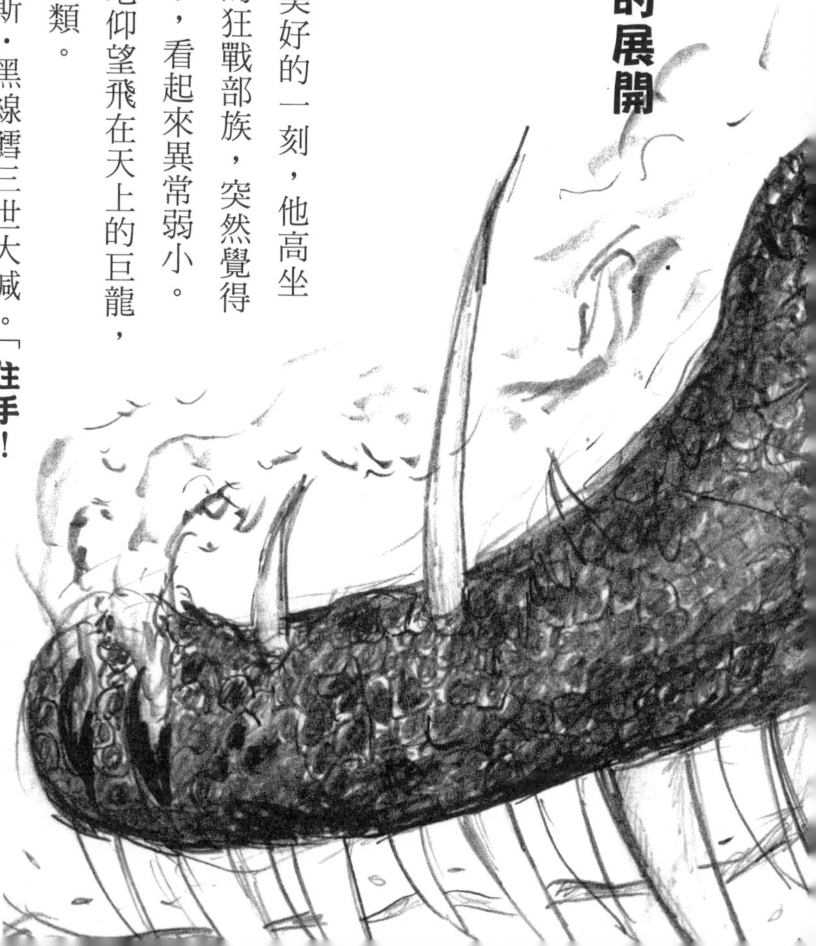

林燒成煉獄火海。」

狂戰族長瞠目結舌。「野獸……」他輕聲說。「怎麼可能……野獸……那個男孩是怎麼做到的？他有魔法嗎？他一定會用魔法！」

阿爾文也不敢相信這一切，臉色變得比牙齒還白。「他是怎麼做到的？」他喃喃自語。「他到底是怎麼做到的？」

「放了所有的未婚夫！」小嗝嗝．何倫德斯．黑線鱈三世叫道。**「把魚腳司拉上來！放了樹牢裡所有的囚犯！你們不放，這隻龍就會放火燒了你們的村子！」**

「他怎麼知道樹牢的事？」狂戰族長驚呼。**「我們永遠不會投降！」**他邊喊邊朝小嗝嗝和龍王狂怒揮拳頭。**「我們有防火衣！而且我們是瘋子！」**

「我們都是瘋子！」繩橋上其他狂戰士高聲附和。

小嗝嗝其實沒有要燒毀森林的意思，就在他進退兩難時，神楓出手了。

神楓沿著樹枝往前爬，爬到狂戰族長正上方，像隻小貓般抓準時機跳下去，剛好落在狂戰族長身上。

族長沒想到會有金髮小女孩從天而降，用一把尖銳的小刀架住他喉嚨，他艱困地尖叫一聲。

「浮游生物腦、噹啷噹啷、亂吼亂叫的廢物，你給我聽好了！」神楓悄聲說。

「你要是不照小嗝嗝說的去做，也不用穿防火衣了，我很樂意現在就讓你解脫。相信我，我是沼澤盜賊，我不可能在這種時候說謊……」

狂戰族長停下動作，開始思考。

他這個人瘋瘋癲癲的，但他想活著看到明天的太陽。

「神楓，沒必要的話不要殺他！」

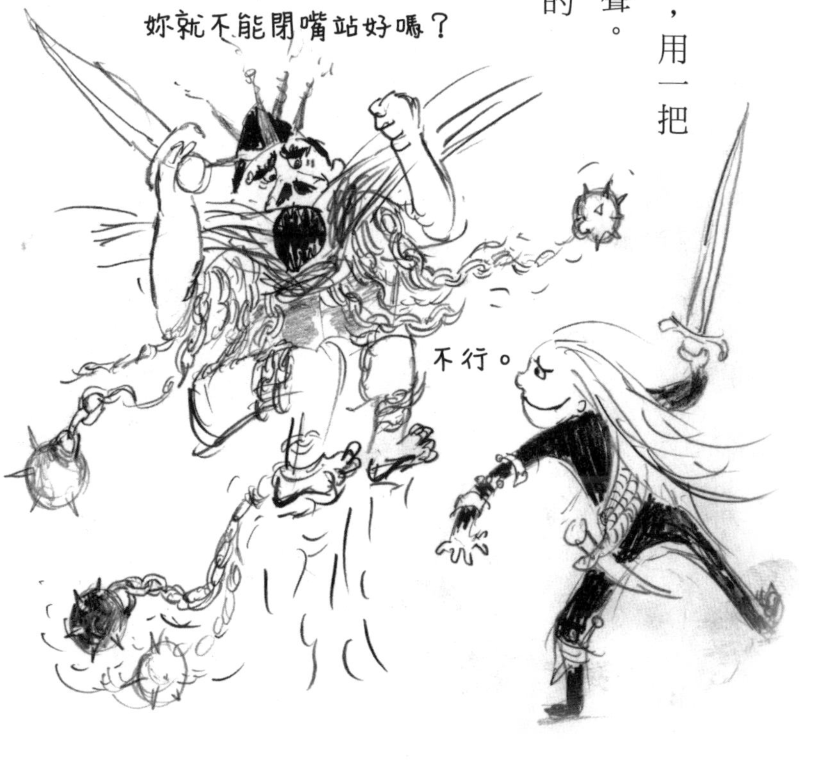

小嗝嗝喊道。

「有沒有必要，這我可不知道。」神楓笑吟吟地說。

狂戰族長抓過那麼多俘虜，還是頭一次遇到神楓這麼難搞的人，她個子很小，卻得派五個人高馬大的醜暴徒去抓她，而且抵達狂戰島時，她對狂戰士超級沒禮貌，還把其中一個狂戰士弄哭了。

狂戰族長總覺得她現在非常認真。

「啊……我覺得……」族長抱歉地咳嗽一聲，說：「妳說得好像有幾分道理……**全部照紅髮男孩說的去做！**」

狂戰士都瘋瘋癲癲的，可是他們和蠻荒群島其他部族的族人一樣，對族長唯命是從。

繩橋網一片混亂，狂戰士拖著滿身的鎖鏈，像一群金屬大象叮噹噹奔往島嶼各個角落，解放樹牢裡的囚徒。我不得不說，狂戰士接獲任務之後，一定會認真完成工作。過去一百年來，他們一直守著這些樹牢，那段時間沒有任何一個囚徒成功逃出來，為了防止囚犯逃獄，全狂戰部族都願意賭上性命。

現在，他們同樣瘋狂、同樣積極、同樣有效率地放了所有囚徒，如果有囚徒身體太虛弱，無法沿著繩梯爬出樹洞，狂戰士甚至自己爬下去，用寬闊的肩膀扛著囚徒爬上來。有些囚犯很可憐，他們在樹牢裡關了太久，都忘了外界的生活，不願離開牢房。

可是沒有人在乎他們的感受。

「**全部出來！**」一個高大的狂戰士大吼。他扛起一個忘了自己叫什麼名字、屬於哪個部族的小老頭，也不管對方願不願意離開過去六十年做為朋友陪伴他的樹蛙。「**老大命令你們出來！現在給我出來！**」

沒過多久，繩橋上站滿穿著破爛衣服、腳步蹣跚的囚犯，有些人眼中出現新希望，有些人又懼又怕，所有人都在許久未見的光線下不適應地眨眼。

「**幫他們解鎖！**」龍王狂怒飛到混亂的繩橋上方時，小嗝嗝大聲命令。「**幫他們解鎖，放他們自由！**被你們抓走的龍族也是！」

於是，狂戰士積極地為人類與龍族解開鎖鏈，就連水痘龍和風行龍也重獲自由。

「穿鐵鏈的呆瓜，你想知道我年紀多大嗎？」神楓依然用刀架著狂戰族長的脖子，笑嘻嘻地問。

「不太想知道。」狂戰族長回答。

「我十一又四分之一歲。」神楓笑吟吟地說。「我是全蠻荒群島最強、最聰明的十一歲小孩，可是瘋子大戰士，你在戰鬥中被小小的十一歲小孩打敗了，感覺怎麼樣啊？」

感覺很糟。狂戰部族族長有點想哭。

未婚夫和囚徒重獲自由後，馬上撿起武器和狂戰部族打了起來，未來，人們將稱這場打鬥為「樹頂瘋人之戰」，把這場壯觀的戰役寫入史詩。狂戰士發飆的畫面十分壯觀，他們揮著長劍與彎刀在樹林中晃來盪去，像野獸一樣吼叫和嗤氣，有些人甚至口吐白沫。

未婚夫每一位都是頂級劍鬥士，打鬥非常精采。

未婚夫一號：「**毛茸茸叮叮咚咚粗漢！看招！看招！看招！**」

未婚夫二號：「哇，兄弟，你這招華麗攻擊術使得真好……下次可不可以教我祕訣？」

未婚夫一號：「當然沒問題。其實就是手腕靈活一點，然後——」

狂戰士煩躁得亂啃自己手臂說：「**你……可不可以……專心……跟我……打架？**」

未婚夫一號：「哎呀，那該不會是小斑點松鼠蛇龍吧？」

狂戰士中了未婚夫的計，順著他指的方向看過去，結果被未婚夫推下了繩橋。

有時，還是老套的招數最棒。

神楓獨力解決了三個狂戰士——考慮到狂戰部族驚人的戰力，這非常厲害（不過神楓都從上面跳下來突襲狂戰士，很少有人會防備自己頭頂）。

「你們想對付**沼澤盜賊**，就是自討苦吃！」神楓開心地大叫。

超自命不凡是閃劍高手，他一次對付三、四個狂戰士，用很漂亮的動作擊敗對方。

小嗝嗝看到從樹牢放出來的囚徒自由地走進狂戰村，忍不住高聲歡呼。不會吧，他不僅逃過死劫，還救了這麼多人。

要是知道即將發生什麼，他就不會那麼早開始慶祝了。

他早該明白，最得意的時刻，往往也是最危險的時刻。

龍王狂怒聽到小嗝嗝在俘虜重獲自由時安心地歡呼，怨憤地聳了聳肩。

接著，牠抬頭對樹林噴火，直接違反牠對小嗝嗝的承諾。

歡呼聲戛然而止。

超自命不凡和平時一樣，用他酷炫的風格打鬥……

龍火噴在一棵特別高大的樹上，樹木當場爆炸。

會「爆炸」的龍火……小嗝嗝從來沒看過這種現象……

「你不是發過誓了嗎？」小嗝嗝尖叫。

巨龍慵懶地在空中盤旋一圈，俯衝下去準備第二次出擊。**「你在離開蠻荒群島前不能噴火！你發過誓！」**

巨龍又吐出一口龍火，彷彿回答小嗝嗝的質問。又一棵大樹爆炸了，火焰迅速擴散至隔壁的樹上，整棵樹像蠟燭一樣燒了起來，火星飛射到夜空中，宛如巨龍一文不值的誓言殘骸。

「沒、沒、沒牙『就說』不可以相信他。」

沒牙沒什麼幫助地說。

「你發過誓……」小嗝嗝小聲說。「你明明發過誓……」

「有心的龍才能發誓。」巨龍沉聲回答。「『我』的心很久很久以前就碎了，只剩下半顆心，所以我會遵守『半個』承諾。接下來一年，我不會接近蠻荒群島。擁有我曾愛過的名字的男孩啊，我只給你整整一年……之後，我將會回來，而且，我還要立下新的誓言……」

小嗝嗝總覺得這個新誓言不會是什麼好事。他想得沒錯。

「我答應你，我會在一年後回到這裡，『這次』我的龍族叛亂會成功，我們將用龍火洗淨世界，不留任何一個活人。男孩，我告訴你，過去一百年，我花了很多時間觀察過去和未來……人類和龍族就是無法和平共處……」

巨無霸海龍黑暗、沉重的話語與嘶聲，比小嗝嗝耳邊的狂風呼嘯聲還要響。

「不對！」小嗝嗝高喊。「你錯了！小嗝嗝・何倫德斯・黑線鱈二世並不這麼想，我也不這麼認為！」

「小嗝嗝・何倫德斯・黑線鱈二世已經『死了』。」巨龍越飛越高。「男孩，你低頭看看『現實世界』吧。」

小嗝嗝低頭，望向藍海中的綠色群島。

「在這個世界上，」巨無霸海龍忿忿不平。「我的龍族兄弟被人們用鎖鏈鐐銬束縛，被人類當狗奴役……被人類當馬騎……被人類移除龍火、剪去翅膀、粉碎心靈。

「這顆星球上，龍族與人類已經勢不兩立。」巨龍無比疲倦。「我看向未來，發現我們的時間所剩不多了。我還發現，如果我不阻止『你』──小嗝嗝『你』──你會終結龍族……『你』會將我們送入最後的虛無……」

「『我』？」小嗝嗝尖聲說。「怎麼可能！我『愛』龍族啊！你一定是看錯了！」

「如果你長大成人，我們就完了。」巨龍重複道。「所以，我會召集天下的龍族，從大海深處和世界盡頭召集龍族大軍，在末日來臨前全力一戰。」

「不！」小嗝嗝高呼。「不，不，不，不，不！」

龍王狂怒飛上高空，在空中翻轉身體。

小嗝嗝從龍背往下墜、下墜、下墜。

龍王狂怒撐開破破爛爛的翅膀，朝冰封北方飛遠。

小嗝嗝尖叫著下墜、下墜、下墜。「不！不！不！不！不！」

他已經不知道自己在對誰說「不！」了，不知道自己否定的是人類和龍族無法和平共處這件事，還是否定命運，抑或是否定以強大力量將他往下拉的重力。

第二十章　這真的是「非常」糟糕的一晚

眼見前後左右的樹木都起火燃燒，神楓不再嘲弄狂戰士。

「**失火了！**」她大叫。「**失火了！**」

「**逃去海港——！**」狂戰部族族長大喊。

囚犯、狂戰士與未婚夫全都順著繩橋逃離火海，奔向狂戰港。

還在空中的小嗝嗝繼續下墜、下墜、下墜，沒牙緊追在後。

男孩從高空下墜、下墜，若不是風行龍飛過去接他，他一定會摔死。

龍族大多是飛行高手，長久的演化給了牠們在半空中攫取獵物的能力。風行龍時機抓得正好，牠用力拍翅膀拍了四下，迅速往上衝，抓住小嗝嗝的後

領。

……牠時機抓得「幾乎」正好。

抓住小嗝嗝衣領時，風行龍的身體有一點點不平衡，男孩的重量一加上去，他們就在空中翻滾旋轉了起來。男孩與龍打轉著墜向下方的火海，沿途撞到一根樹枝，最後極為幸運地摔在一座繩橋上。繩子在他們的撞擊下吱嘎作響、晃了一晃，差點斷掉……它撐住了。

小嗝嗝被撞得昏了過去，風行龍一邊翅膀被繩子纏住了。

沒牙驚叫著落在主人胸口，焦急地猛舔小嗝嗝的臉，想叫醒他。整片森林都在燃燒，花了數百年長大的樹木，一瞬間化為柴火。

小嗝嗝撐開眼皮，搖搖晃晃地站起來。

「**我……呃……幫幫我……**」風行龍結結巴巴地說。小嗝嗝扯了扯纏住風行龍翅膀的繩索，就快解開繩子了——時間很緊迫，因為繩橋兩端都在燃燒，而且一端出現了一個跛腳的人影。

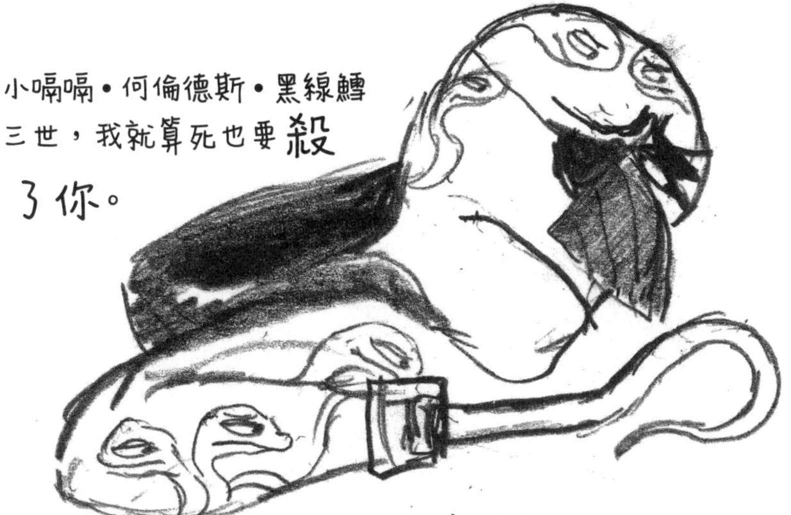

絕對不能忘了阿爾文。

你應該時時刻刻記得這號人物，要知道，他通常都在暗處謀劃，不然就是披著蝙蝠翅膀般的斗篷，從背後偷襲你。此刻，他正從後方接近小嗝嗝，他輕手輕腳走在繩橋上，象牙白義肢幾乎安靜無聲。他手臂上的金屬裝置握著暴風寶劍，殘缺不全的臉上，是一抹憤恨的笑容。

你可能在想，阿爾文怎麼不趁亂偷偷逃走？阿爾文和樹牢裡那些可憐人一樣，是這座島上的囚徒，他身上也纏了鎖鏈，這一年來，他一直為狂戰士們做菜，時時刻刻表現得恭敬禮貌，還不能離開這地方。現在情勢這麼混亂，阿爾文怎麼不趁機奔向自由？他怎麼不跟其他人一起逃離火海？

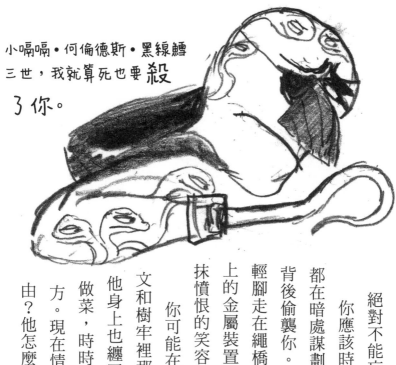

答案是，這些年來，阿爾文對小嗝嗝的仇恨在他腦中生根、萌芽，像腫瘤、像雜草一樣蔓延到他體內每一個角落。

仇恨變得太強，強到令人頭暈目眩，強到化成了劇毒，完全控制住阿爾文的心思，扼殺了其他的想法。就連阿爾文最大的優點——他自保的能力——也敵不過他對小嗝嗝的恨。

（親愛的讀者，你別覺得阿爾文很可笑，還有很多人心中充滿仇恨，

這些人寧可玉碎，不為瓦全，就算要自己去死，也不願看到仇敵活下去。）

阿爾文偷偷摸摸來到小嗝嗝背後，沒牙只來得及呼喊：「**後面！後面！**」小嗝嗝及時轉身、拔劍，和阿爾文雙劍相交。

陰森鬍最好的暴風寶劍和第二好的努力劍撞在一起，發出清脆的劍鳴。男孩與男人展開決鬥。這是他們第三次鬥劍，不過他們從來沒有在這麼危險的情況下打鬥。他們身在曾經是咆哮森林的火海，站在兩端著火的繩橋上鬥劍。阿爾文咒罵著刺擊，攻擊小男孩。小嗝嗝每擋下阿爾文一劍，就擔心地問風行龍狀況怎麼樣，能不能脫身。

小嗝嗝很累，而且燙傷了，但他的劍鬥術進步了不少，現在居然占上風，令阿爾文越打越焦急。就在這時，繩橋的一根繩索燒斷了，整座橋突然往下沉，小嗝嗝重心不穩，從繩索的縫隙間摔下去，一隻手勉勉強強抓住繩子。

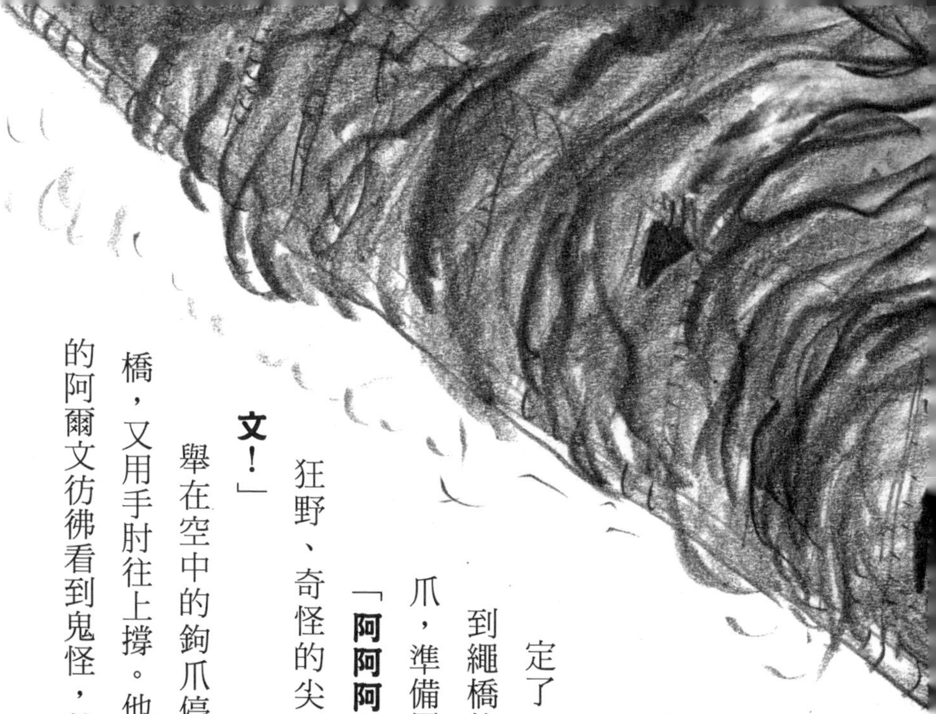

他一隻手抓著繩子……下方是無邊火海……阿爾文怨憤又得意地露出微笑，一步步走近。

「小嗝嗝．何倫德斯．黑線鱈三世，你死定了。」奸險的阿爾文滿意地說。他把鉤爪湊到繩橋的火焰中，金屬被燒得熱燙後，他高舉鉤爪，準備用它刺小嗝嗝的手。

「**阿阿阿阿——爾——文！**」後方的煙霧中，傳來狂野、奇怪的尖叫。那個聲音又說：「**阿阿阿——爾——文！**」

舉在空中的鉤爪停下動作，小嗝嗝趁機用另一隻手抓住繩橋，又用手肘往上撐。他沒有看到死對頭的臉，不過這時候，奸險的阿爾文彷彿看到鬼怪，整張臉面無血色。

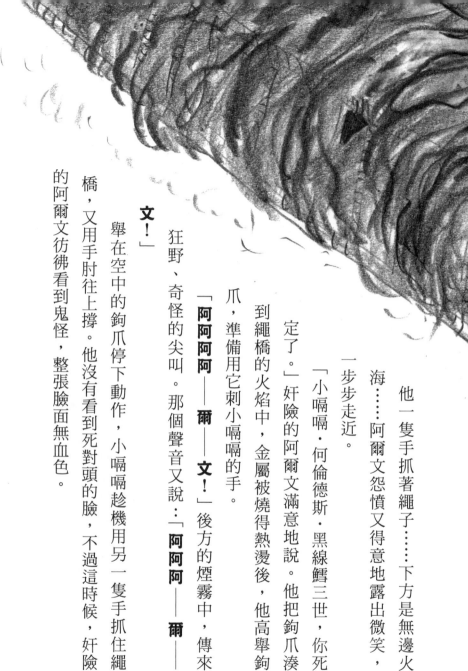

小嗝嗝若不是忙著用手肘把身體拉回橋上，也許會看到驚人的一幕：一個人騎著龍，在濃煙中朝他們飛來。

是騎著水痘龍的老巫婆——阿爾文的母親。

第二十一章　阿爾文的大驚喜

要不是現在情況危急，小嗝嗝也許會笑出來。

那真是古怪的畫面。

巫婆二十年不見天日，全身皮膚和白骨一樣蒼白，五呎乾燥的白髮在身後飄揚。她褪色的眼睛仍看不太清楚，但其他的感官非常敏銳，她幾乎能像蝙蝠一樣用超音波探路。

水痘龍劇烈甩動身體，試圖把她甩掉，可是巫婆比魚腳司強悍許多，她緊抓住水痘龍，騎著牠接近繩橋上的阿爾文和小嗝嗝。

阿爾文的臉變成慘綠色。

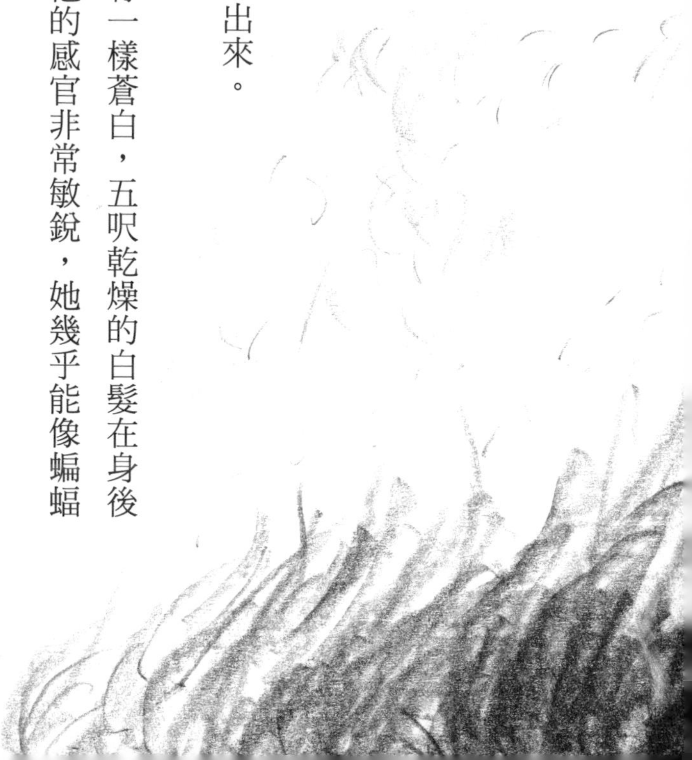

你能怪他嗎？

他已經二十年沒看到自己母親了。

而且他母親長得實在很可怕。

「母親？」奸險的阿爾文輕聲問。「母親，是妳嗎？」

「**笨蛋**，快把他拉起來！」老太婆怒罵。她騎著水痘龍飛在他們上方，雖然二十年沒看到自己兒子了，她卻沒有特別高興。

「你怎麼了？」她看著兒子缺了腿、眼睛、頭髮、鼻子和手的身體，繼續罵道。「你看看你！當上西荒野國王的方法，我不是清楚告訴你了嗎？結果你連自己的『肢體』都搞丟了！愛管閒事的傻瓜，你還不懂嗎？不能讓那隻小老鼠掉下去，劍在他手上啊！」

阿爾文瞬間沒了大壞蛋即將成功的驕傲，變成做蠢事被母親逮到的小孩。

「不對，劍在我手裡……」阿爾文弱弱地舉起暴風寶劍，彷彿尋求母親的讚美。

「母、母、母親？
母親，是妳嗎？」

「**白痴！**」阿爾文母親尖叫著拉住水痘龍，在他們上方停止飛行。「是**另外一把劍！**快拉他起來，快點！然後把那把劍搶過來！」

阿爾文轉向小嗝嗝，嘶聲說：「可惡……你居然放她出來……你竟敢這樣對我……」

然而為時已晚。

小嗝嗝已經自己用手肘爬上繩橋，風行龍也自己掙脫了繩索，小嗝嗝爬上龍背，飛到空中……

……兩端著火的繩橋終於燒斷了，落入深淵。

阿爾文尖喊，騎在水痘龍背上的母親彎腰抓住他的鉤爪，免得他隨著繩橋下墜。

但在抓住鉤爪時，巫婆大聲痛呼。

阿爾文不久前才用火焰把鉤爪燒得通紅，整根鉤爪燙得不得了。

「啊啊啊啊咿咿咿咿咿咿！」阿爾文母親尖叫。「**啊啊啊咿咿咿咿咿！**」

溫馨的母子團聚只持續了一分鐘。

血肉燒焦的硫磺味與惡臭飄到空中，阿爾文母親終於放開鉤爪。

阿爾文往下墜，墜入火海。

一眨眼，他就不見了。

巫婆沒有遲疑。

她立刻跳下水痘龍的背，自己也摔進火海。

我不知道她在想什麼。

她也被貪婪的火焰吞噬了。整座森林都在燃燒，這一次，阿爾文和他母親

應該沒辦法活著出來了吧？

但我之前已經猜錯很多次，我不會再這樣說了。

第二十二章　失蹤的孩子回來了

偉大的史圖依克昨晚沒睡好，他一直躺在床上擔心遲遲沒回家的小嗝嗝。

天一亮，搜救隊就出動了，他們很快就找到魚腳司留下的字條。一行人浩浩蕩蕩地前往狂戰島，到半路突然發現狂戰島起火了。

「**起火了！起火了！狂戰島起火了！**」

等毛流氓搜救隊抵達狂戰島，大部分的狂戰士都已經乘船逃走了，沒有人知道他們要逃往何方。

有些囚徒爬到樹梢，脫下上衣和褲子在空中揮舞，吸引搜救隊的注意。

不久，現場眾人大吼大叫，亂成一團。搜救隊試著在濃煙中尋找被困在樹上的維京人，一邊對同伴叫喊：「我這邊找到一個！」還有：「那邊那棵樹上還有兩個人！」他們騎馱龍飛過去，帶著囚犯安全落地。

「真是壯觀的篝火。」鼻涕臉鼻涕粗來到火災現場，笑著說。「沒用的小嗝嗝該不會困在裡頭，整個人烤焦了吧？哪有這麼好的事？」

的確沒有這麼「好」的事。

史圖依克看到海灘一隅圍成半圓的未婚夫個個灰頭土臉、疲憊不堪，而半圓中間是魚腳司、神楓、小嗝嗝和大英雄超自命不凡，他終於鬆了口氣。

「超自命不凡！」史圖依克大喊。史圖依克以前看到這位完美的大英雄時，總覺得他完美得令人生厭，不過今天和超自命不凡重逢，難得感到安心。

「你又救了我兒子一命！」

「**不是**。」超自命不凡搭著小嗝嗝的肩膀。「這次，是**他**救了我一命……」

「而且，我們完成了不可能的任務！」魚腳司驕傲地打開龍蝦陷阱，指著裡頭滿滿的五罐蜂蜜。

「而且，我找到十一個真的想跟鬧脾氣公主結婚的人了。」小嗝嗝指著未婚夫們說。

魚腳司看著裝了五罐蜂蜜的龍蝦陷阱。

然後，他將龍蝦陷阱拿給超自命不凡。

「你確定？」超自命不凡問。

「確定。」魚腳司說。「她真正愛的，是上上上個未婚夫。」

其他幾個未婚夫發現，經過狂戰島這場冒險，他們對鬧脾氣‧醜八怪公主的愛好像變少了。

既然如此，他們對公主的情感應該也稱不上真愛。

未婚夫一號：「超自命不凡，你去迎娶新娘的時候，我們都會陪在你身邊！我想跟醜暴徒阿醜好好『聊一聊』！」

「喔喔，」神楓揮著長劍。「我也要！太棒了！我超想讓醜暴徒流血。」

「不行，」史圖依克堅決地說。「妳要跟我回妳母親那裡。」

「你以為你是誰家族長啊？」神楓失望地亂叫。

可是史圖依克說什麼也不讓步，他們這次會惹上一身麻煩，就是為了找神楓，他可不打算讓神楓再次失蹤。

「別擔心，我們會替妳救出暴飛飛的。」超自命不凡說。「這是我身為英雄的承諾。」

「這個可能派得上用場。」小嗝嗝說。

他伸手從口袋拿出某樣東西，遞給超自命不凡。

那是一把鑰匙。

沒牙在歇斯底里島
吞下肚的萬能鑰匙

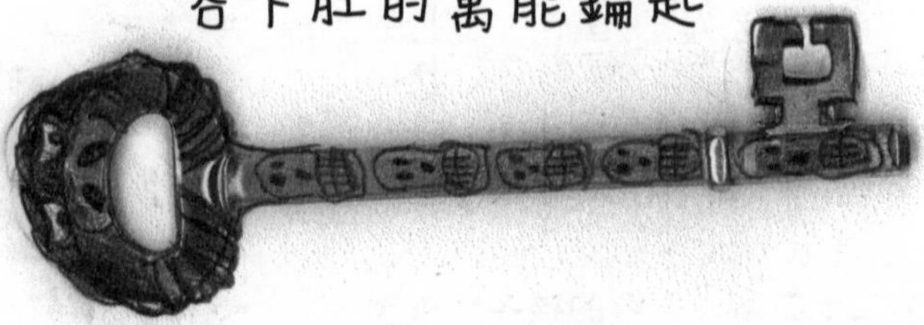

第二十三章　醜暴徒阿醜終於失去了女兒

在傳說和史詩中，隔天超自命不凡穿著一身黑衣，沿著索爾之雷峽谷航行到阿醜的領土中心。沉睡的警報龍沒有發現，在空中巡邏的猛禽舌龍也沒有注意到他。

大膽的大英雄超自命不凡在深夜潛入阿醜的城堡，沒人知道他是怎麼進到那座無堅不摧的城堡的，只知道他過了「二十道」緊鎖的門，抵達城堡核心。

超自命不凡躡手躡腳地走在城堡裡，不知怎地找到阿醜的房間（也許是阿醜的打呼聲太響亮了），又不知怎地摸進那間重兵防守的房間，睡著了的守衛一個都沒醒。他輕手輕腳、安安靜靜地在阿醜床邊放了四罐狂戰島蜂蜜。

他小心翼翼地把第五罐蜂蜜倒進阿醜最愛穿的拖鞋。

隔天，阿醜一覺醒來，發現女兒不見了。

鬧脾氣公主房間的窗戶開著，窗簾在風中飄揚，床上空無一人。

鳥兒飛走了。

遺失的不只有公主，還有一些貴重物品。

阿醜曾把一隻非常稀有的金色心情龍關在龍廄裡，打算等牠學會禮數、學會待在牠「真正的」主人身邊，不會再逃走時，再放牠出來。不知為何，那隻心情龍以為牠主人是之前把牠偷走的小沼澤盜賊。現在，這隻心情龍不見了。

還有，阿醜最近好不容易把一個巨大、沉重的王座從西海岸運回城堡，正準備用醜暴徒部族的紋徽裝飾它，沒想到王座也不見了。

其他十個未婚夫就是在這時候派上用場——是他們合力把王座搬走的。

醜暴徒阿醜的船航向蠻荒群島，尋找逃走的公主與遺失的貴重物品。

但大英雄超自命不凡的船——遊隼號——是全蠻荒群島最快的船。

它以比老鷹、比螢火蟲還快的速度，順著迷霧滿布的索爾之雷峽谷航行，消失在遠方。

那之後，又過了一天，偉大的史圖依克發現他的海灘上多了一份禮物。

那是一件價值不菲的大禮。

慢吞大腳一早去海邊捕魚時發現那樣東西，他趕忙衝回去敲鐘，叫醒全毛流氓村。

毛流氓與沼澤盜賊睡眼惺忪、腳步蹣跚地走到海港（兩族人辦了一場盛大的晚宴來歡迎神楓回家，沼澤盜賊吃得太飽、喝得太多，所以在博克島待了一晚）。

一尊巨大、闊氣，看似屬於天神的「王座」，靜靜矗立在沙灘上，彷彿打從一開始就在那裡。

王座上有一個龍蝦陷阱，陷阱裡是一隻捲成一團睡覺的美麗小龍——一隻和金幣一樣閃亮的心情龍。牠的脖子上掛著一封信。

「暴飛飛！」神楓開心地高呼。她衝過去迎接美麗的小龍，只見小龍打了個慵懶的大哈欠，醒了過來。「妳還好嗎？有沒有受傷？」

「我咬了那個沒禮貌的醜暴徒，」心情龍笑著用流利的諾斯語說。「咬了很多、很多下……」

「妳好乖好乖！」神楓抱著心情龍說。

毛流氓與沼澤盜賊聚集在王座周圍，他們這輩子從未見過這樣的王座，不仔細欣賞一番怎麼行。

「我就知道它屬於我們部族。」偉大的史圖依克指著王座背側的毛流氓部族紋章說。「可是我搞不懂，它到底是從哪裡來的？」

「不可以坐上去！」小嗝嗝焦急地說。「這個王座有問題，誰都不該坐上去。」

「不能坐的王座有什麼用？老阿皺，你覺得我們該拿這東西怎麼辦？」史圖依克問老阿皺。老阿皺是毛流氓部族的長老，也是小嗝嗝的外公，他年紀很大了，皮膚和漂流木一樣又乾又皺。

「這是在鬧鬼的海灘找到的王座，」老阿皺說。「我覺得這是不祥的徵兆。小嗝嗝說得對……這個王座給我一種不好的感覺，但我也覺得我們不該摧毀它。」老阿皺想了想。「你應該把王座丟進毛流氓港，反正它已經在海裡待了這麼久，再丟回海裡也沒關係，而且這麼一來，就不會有人坐上去又被詛咒……而如果我們哪天需要它，它就在港裡……」

「我們先把它放在沙灘上，明天再丟到港裡。」史圖依克說。「現在還有更要緊的事情要做——走！我們去吃早餐！」

「太棒了！」柏莎雙手一拍大聲說。「我要吃兩份烤牛肉和大白鯊魚翅！」

「小嗝嗝，這封信好像是寫給你的。」史圖依克把信拿給兒子，親切地摸摸他的頭。「兒子，你別難過。」他有點尷尬地補充道。他知道小嗝嗝可能有點失望，因此笨拙地設法安慰兒子。「反正你年紀還小，不適合結婚。下次你運氣就會比較好了。」

「可是父親，我本來就不想結婚啊，其實事情是這樣的……」

事情太複雜了，史圖依克腦袋本來就不怎麼靈光，更何況他今早還沒喝咖啡，所以小嗝嗝乾脆放棄說明事情原委，反正史圖依克已經大步離開了。

神楓和魚腳司湊過來，看著小嗝嗝拆開信。一張紙和一把鑰匙落入小嗝嗝手心。信是寫在魚腳司的情詩背面。

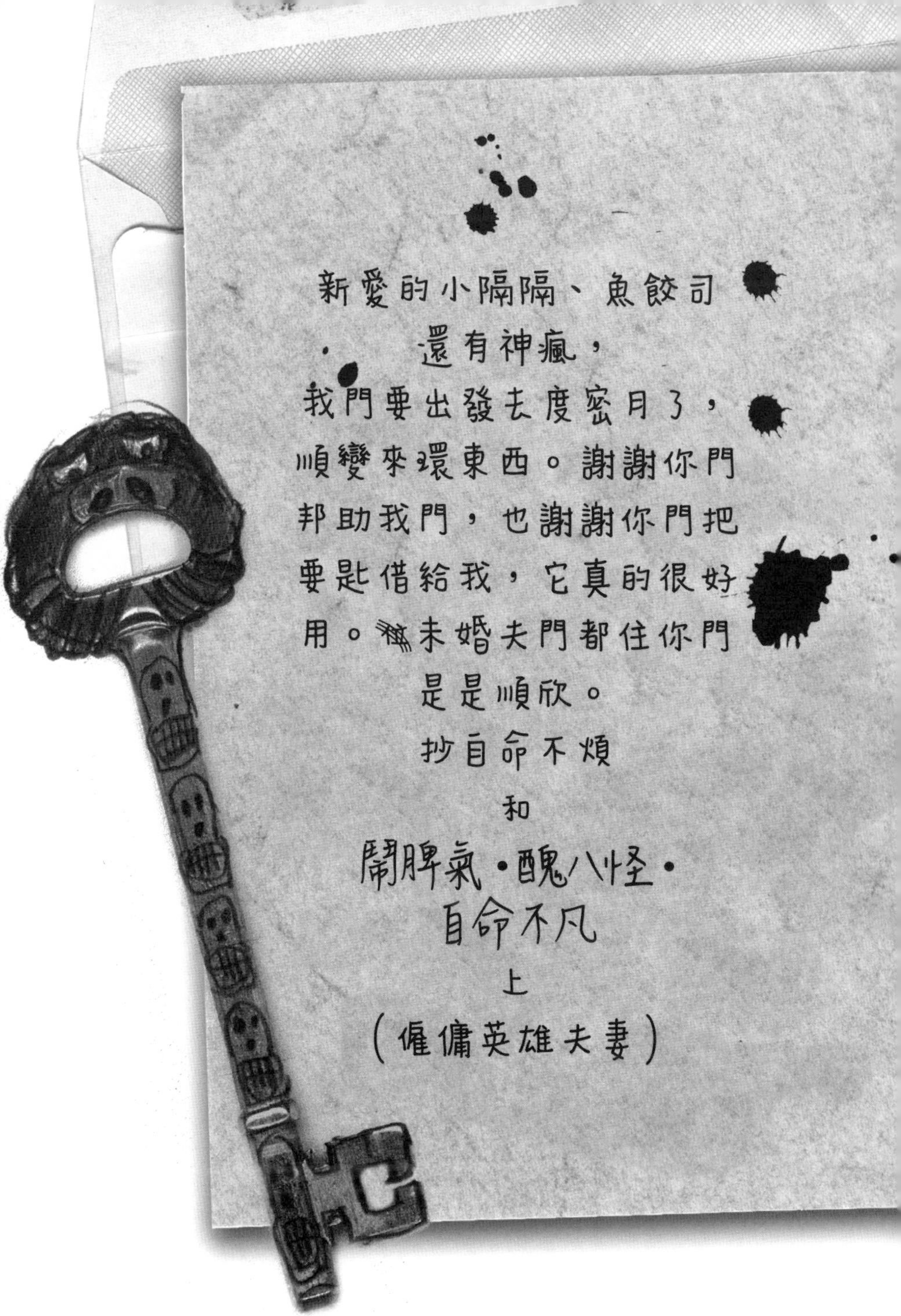
新愛的小隔隔、魚餃司

還有神瘋，

我門要出發去度蜜月了，

順變來環東西。謝謝你門

邦助我門，也謝謝你門把

要匙借給我，它真的很好

用。未婚夫門都住你門

是是順欣。

抄自命不煩

和

鬧脾氣・醜八怪・

自命不凡

上

（僱傭英雄夫妻）

信使龍郵遞

小隔隔、
魚餃司還有神瘋
（英雄）收

鰻

在一起。
誠摯的，
？

親愛的魚腳司，
謝謝你送我沼澤玫瑰，
我結婚時有戴在頭上喔。
愛你的，鬧脾氣 P.S. 詩寫得真好！你有沒有
想過以後轉行當「詩人」？

「沒、沒、沒牙的鑰匙！」沒牙興奮地說。「可以給沒牙嗎？」

「當然可以囉。」小嗝嗝邊說邊把鑰匙綁在沒牙脖子上。「我不得不說，沒牙，要不是你把湯匙吃掉，我們都完蛋了。沒牙，你又救了我們所有人……可是以後不可以亂吃東西喔，聽到沒有？」

沒牙用力點頭，然後挺起胸膛，彷彿掛在胸前的不是鑰匙，而是獎牌。牠若無其事地對暴飛飛晃了晃鑰匙。

「哇，沒牙，」暴飛飛柔聲說。「你好厲害、好了不起喔……」

「你們聽，」神楓指著大海說。「我好像聽到超自命不凡和鬧脾氣的歌聲了……」

三個人瞇起眼睛，遠遠望見遊隼號黑鰭般的船帆。天上聚集了漆黑的雷雨雲，海浪變得越來越高，可怕的白浪預示了將至的狂風。大雨從天而降。

但狂風中隱隱飄來的歌聲，卻異常歡樂。

首先是五音不全又失控的歌聲，那想必是超自命不凡，他每次唱歌都會走音，毫無旋律可言：

「**我曾經獻上真愛，最後卻心死，**
偉大的索爾啊，現在請讓我再愛一次！」

接著是女生的歌聲。鬧脾氣・醜八怪唱的是很老的維京歌曲，這首歌叫〈我不是安居樂業那種人〉：

「**我不愛城堡與王冠的約束，**
讓星空成為我的屋頂，月光指引前進的路，
我的心生來是英雄，我的劍將在暴雨中揮砍，
我在很久以前離開海港，展開永不停歇的冒險，
狂風吹動浪濤，我也將浪跡天涯，

愛人啊，請隨我迷航，我們四海為家……」

隨後又是超自命不凡的歌聲：

「我失去了唯一真愛，心在那一天粉碎，但索爾啊，一旦找到真愛，我將永不後悔！」

是小嗝嗝的錯覺嗎？怎麼女生的歌聲和超自命不凡一樣走音？哪有這麼湊巧的事？

「我再也不會愛任何人了。」魚腳司嘆一口氣，把情詩收進口袋。

「我聽說失戀是很多詩人寫作的靈感。」小嗝嗝說。「你看看超自命不凡，他不是也找到幸福了嗎？你以後可能還有機會啊，」小嗝嗝說。「畢竟你現在才十三歲。」

三個好朋友和兩條小龍沿著海灘，走向通往毛流氓村的崖上小徑，走在陡峭、風大的小徑上。小嗝嗝心不在焉地往後丟了一顆石頭。

石頭落在離王座一小段距離的位置，躺在靜靜坐在沙地上的王座旁。海浪開始輕舔王座底部，在那一瞬間，小嗝嗝想像某個隱形的巨大鬼魂坐在那裡，徒勞無功地命令海浪往回流，就如多年前希望時間能倒轉的恐怖陰森鬍。

但人類當然不可能扭轉光陰，或制止海潮。

小嗝嗝想起龍王狂怒可怕的誓言：

「我答應你，我會在一年後回到這裡，『這次』我的龍族叛亂會成功，我們將用龍火洗淨世界，不留任何一個活人。」

很久很久以前，發生了小嗝嗝無法真正理解的悲劇，海龍的心就這麼碎了。那場悲劇帶來可怕的後果，直到今天，還有幽魂在蠻荒群島的海灘徘徊不去……海龍和其他人、其他龍的心失去了柔軟，變得和陰暗、飢餓的森林同樣扭曲。

我就跟那個全身是鎖鏈的瘋子說：誰叫你把沼澤盜賊關起來……

但小嗝嗝還很年輕，小嗝嗝還很樂觀。

人類的心即使碎了，還是能癒合，還是能再次跳動……也許，龍族的心也能復原。

他似乎還能聽見超自命不凡遠遠飄來的歌聲：

「我曾經獻上真愛，最後卻心死，

偉大的索爾啊，現在請讓我再愛一次！」

最後一定會有好結果的。小嗝嗝心想。

狂怒說過：「如果我不阻止『你』——小嗝嗝『你』——你會終結龍族……『你』會將我們送入最後的虛無……」

怎麼可能？小嗝嗝這麼愛龍族，他最要好的幾個朋友就包括龍族啊。

「快、快、快、快一點啦！」沒牙不耐地飛下來，抓著小嗝嗝的背心把他往前拖。「早餐要被、被、被吃光光了啦！而且沒牙覺得今天早餐是培根跟雞蛋！」

小嗝嗝甩開心中黑暗、沉重的想法，轉身背對王座。

他父親說得對，明天再來想這些就好了。

超自命不凡和鬧脾氣正要前往南方與未來，迎向烏雲，而西方的明日島困在過去的悲劇裡，同樣罩著烏雲。

不過此時此刻，早晨明亮的陽光照在博克島，所有人都很安全，滿桌早餐正等著他們。

沒牙降落在小嗝嗝肩頭，小嗝嗝加快腳步，跟上兩個好朋友。小嗝嗝也愛吃培根和雞蛋，至於明日島……

……嗯，偉大的雷神索爾啊，明日還是明日再說吧。

後記

我在狂戰島漆黑的樹牢裡得知自己的宿命，真的是六十五年前的事了嗎？

童年的我生活在不同的世界，已經不存在的世界，在那裡，有龍族、巫婆、暴風雨、鬥劍與船難。

過去那個男孩，已經離我很遠很遠了。

儘管如此，我有時還是會夢到幼時常作的那場夢，夢裡有女鬼、有船隻，還有男孩與龍。女鬼當然是小嗝嗝二世的母親——琴希爾達——她不停在心碎灣徘徊，呼喚被丈夫奪走的嬰兒。

直到六十五年後的今日，午夜夢迴時分，我蒼老的身體還是會瑟瑟發抖。

但夢境稍微變了。

現在作那場夢，化身為女鬼的是我，高聲呼喚消失的孩子。

「**小嗝嗝！**」我滿懷渴望地呼喊。「**小嗝嗝！小嗝嗝，快回到我身邊……**」

我伸出雙手。然而騎龍的男孩已消失在雲間，前往夢幻、美好的下一個世界了，我完全無法阻止他。

男孩轉頭看我。我們距離太遠了，我看不清他的臉，只知道他年輕得令人心碎。

我隱隱聽見他的聲音。

「**別擔心！**」他大喊。「**我答應你，我會回來的……**」

他回來了。他就在這裡。

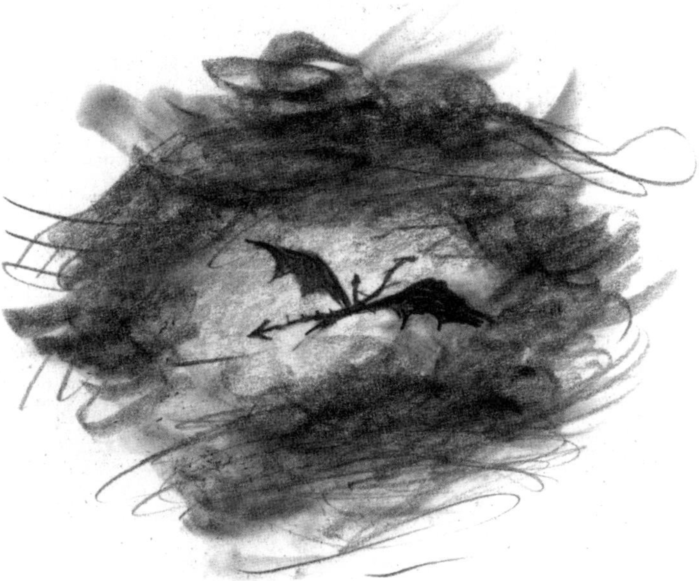

鉤爪能通過火焰的試煉嗎？

龍王狂怒真的能組織第二次龍族叛亂，消滅全人類嗎？

如果雙方開戰，沒牙會站在哪一邊呢？

小嗝嗝將面對可怕的選擇，他會做出什麼決定呢？

其他人會在什麼時候發現他有奴隸印記呢？

最後，奸險的阿爾文少了一條腿、一隻手、鼻子和頭髮，他這次應該、應該無法逃離狂戰島的火海，繼續戰鬥了吧？？？？

敬請期待小嗝嗝的下一本回憶錄：《馴龍高手IX：龍族叛亂與新王》。

奇炫館

馴龍高手VIII：龍王狂怒之心

（原名：How to break a dragon's heart）

著　　者／克瑞希達・科威爾（Cressida Cowell）
封面內頁插畫／克瑞希達・科威爾（Cressida Cowell）
發 行 人／黃鎮隆
副總經理／陳君平
總 編 輯／洪琇菁
執行編輯／許晶翎

譯　　者／朱崇旻
美術編輯／陳聖義
企劃宣傳／邱小祐、劉宜蓉
國際版權／黃令歡
文字校對／施亞蒨
內文排版／謝青秀

出　　版／城邦文化事業股份有限公司 尖端出版
台北市中山區民生東路二段一四一號十樓
電話：（〇二）二五〇〇－七六〇〇
傳真：（〇二）二五〇〇－二六八三
E-mail：7novels@mail2.spp.com.tw

發　　行／英屬蓋曼群島商家庭傳媒股份有限公司城邦分公司 尖端出版
台北市中山區民生東路二段一四一號十樓
電話：（〇二）二五〇〇－七六〇〇（代表號）
傳真：（〇二）二五〇〇－一九七九

中彰投以北經銷／楨彥有限公司（含宜花東）
電話：（〇二）八九一九－三三六九
傳真：（〇二）八九一四－五五二四

雲嘉經銷／威信圖書有限公司 嘉義公司
電話：（〇五）二三三－三八五二
傳真：（〇五）二三三－三八六三
客服專線：〇八〇〇－〇二八－〇二八

南部經銷／威信圖書有限公司 高雄公司
電話：（〇七）三七三－〇〇七九
傳真：（〇七）三七三－〇〇八七

香港經銷／城邦（香港）出版集團有限公司
香港灣仔駱克道一九三號東超商業中心1樓
電話：（八五二）二五〇八－六二三一
傳真：（八五二）二五七八－九三三七
E-mail：hkcite@biznetvigator.com

新馬經銷／城邦（馬新）出版集團Cite（M）Sdn. Bhd.
E-mail：cite@cite.com.my

法律顧問／王子文律師　元禾法律事務所
台北市羅斯福路三段三十七號十五樓

二〇一九年八月初版一刷

■中文版■

郵購注意事項：
1. 填妥劃撥單資料：帳號：50003021戶名：英屬蓋曼群島商家庭傳媒(股)公司城邦分公司。2. 通信欄內註明訂購書名與冊數。3. 劃撥金額低於500元，請加附掛號郵資50元。如劃撥日起 10～14日，仍未收到書時，請洽劃撥組。劃撥專線TEL：(03)312-4212 ・ FAX：(03)322-4621。E-mail：marketing@spp.com.tw

國家圖書館出版品預行編目資料

馴龍高手Ⅷ：龍王狂怒之心 / 克瑞希達．
科威爾（Cressida Cowell）作；朱崇旻譯.
-- 1版. -- [臺北市]：尖端出版, 2019. 8
冊；　公分
譯自：How to break a dragon's heart
ISBN 978-957-10-8673-6（平裝）

873.59　　108009726